Pequena biblioteca para crianças

Dirce Waltrick do Amarante

PEQUENA BIBLIOTECA PARA CRIANÇAS

Um guia de leitura para pais e professores

ILUMI/URAS

Copyright © 2013
Dirce Waltrick do Amarante

Copyright © desta edição
Editora Iluminuras Ltda.

Capa
Eder Cardoso / Iluminuras
sobre imagens retiradas dos livros *João Felpudo*, do Dr. Heinrich Hoffmann,
As travessuras de Juca e Chico de Wilhelm Busch, *Viagem numa peneira*, de Edward Lear e
As aventuras do Barão de Munchausen, de Rudolf Erich Raspe, ilustrado por Gustave Doré

Revisão
Júlio César Ramos

CIP-BRASIL. CATALOGAÇÃO NA PUBLICAÇÃO
SINDICATO NACIONAL DOS EDITORES DE LIVROS, RJ
A52p

Amarante, Dirce Waltrick do, 1969-
  Pequena biblioteca para crianças : um guia de leitura para pais e professores / Dirce Waltrick do Amarante. - 1. ed. - São Paulo : Iluminuras, 2013. (1. reimpressão, 2014)
  112 p. ; 23 cm.

  ISBN 978-85-7321-413-0

  1. Bibliotecas - Criança. 2. Crianças - Livros e leitura.
  3. Bibliotecas e educação I. Título.

13-02233   CDD: 027.625
                 CDU: 027.625

19/06/2013   19/06/2013

2021
EDITORA ILUMINURAS LTDA.
Rua Inácio Pereira da Rocha, 389
05432-011 - São Paulo - SP - Brasil
Tel./Fax: 55 11 3031-6161
iluminuras@iluminuras.com.br
www.iluminuras.com.br

*Para os meus leitores de sempre:
Bruno Napoleão e
Sérgio Medeiros.*

SUMÁRIO

Prefácio
Uma pequena biblioteca infantil, 9
  Dirce Waltrick do Amarante

Será o Benedito!:
  Mário de Andrade para adultos e crianças, 13

O macaco como homem:
  perversões de um estrangeiro, 19

Contos indígenas:
  as lendas de Makunaíma e Jurupari, 23

Uma primeira leitura do *Popol vuh*,
  cosmogonia ameríndia, 27

As travessuras de Juca e Chico:
  histórias politicamente incorretas, 31

João Felpudo: o grotesco para crianças, 35

O triste fim do pequeno menino ostra e outras histórias:
  a criança e seu "continente negro", 39

Histórias de arrepiar:
  Edgar Allan Poe, o mestre dos contos de horror, 45

O pato, a morte e a tulipa:
  as crianças e a experiência da perda, 49

Três contos de Kurt Schwitters:
   o surrealismo e a proximidade com a infância, 53

Milagres do cão Jerônimo e *Alçapão para gigantes*:
   o *nonsense* de Péricles Prade, 57

Cinco contos absurdos de
   Eugène Ionesco para crianças, 63

Senhor Lambert e o cotidiano, 67

O simpático *Senhor Valéry*, 69

Selma: texto e ilustração, 73

Vingança em Veneza:
   Boccaccio para o público adulto e infantil, 79

Sou eu! e *O nervo da noite*:
   João Gilberto Noll, um começo precioso, 83

Ou isto ou aquilo:
   Cecília Meireles por Cecília Meireles, 87

Tudo de Joyce para crianças brasileiras, 91

As aventuras do Barão de Münchausen:
   fanfarrices que seduzem gerações de leitores, 95

Shakespeare desde cedo, 101

Bibliografia geral, 105

Sobre a autora, 109

Prefácio
UMA PEQUENA BIBLIOTECA INFANTIL

Dirce Waltrick do Amarante

O leitor sentirá falta, na minha biblioteca, dos grandes clássicos da literatura infantil: Hans Christian Andersen, os irmãos Grimm, Perrault, Carlo Collodi, Monteiro Lobato... Esses autores não constam desta seleção porque suas obras já estão — às vezes em adaptações grosseiras ou oportunistas — nas estantes de livros pelo Brasil afora e serão certamente absorvidas pelas crianças em casa e na escola.

Meu objetivo, aqui, é ampliar e diversificar o universo literário dos adultos, pois são eles que, na maioria das vezes, escolhem os livros que as crianças lerão. Acredito que será enriquecedor para todos ler, por exemplo, os contos indígenas brasileiros que narram as peripécias míticas de Makunaíma (um herói, como falarei à frente, muito importante para a literatura modernista do nosso país, tendo servido de modelo para Mário de Andrade, autor do romance *Macunaíma*, escrito com a letra "c"), ou as aventuras igualmente saborosas de Jurupari, um herói ligado aos instrumentos musicais indígenas.

Essa preocupação com um repertório de leitura menos óbvio não significa de minha parte dar as costas aos autores clássicos, mas me levou a destacar neste livro obras hoje menos conhecidas. E se dei atenção a autores contemporâneos foi porque, a meu ver, eles estão desbravando novos territórios literários no campo da literatura infantil. Até mesmo alguns escritores que frequentemente só associamos ao universo literário adulto já excursionaram um dia pelo universo infantil e nos deixaram boas obras.

O irlandês James Joyce, o franco-romeno Eugène Ionesco e o brasileiro João Gilberto Noll são exemplos de escritores que criaram contos infantojuvenis depois de terem se firmado como escritores para adultos. Joyce teria afirmado, aliás, depois de concluir *Finnegans wake*, seu último e mais radical romance, que passaria a se dedicar aos livros para crianças.

* * *

Nesta seleção apresento obras cujos temas, embora possam ser em muitos casos considerados clássicos, uma vez que aparecem, por exemplo, nas versões antigas dos contos de fadas mais célebres, foram, no entanto, posteriormente "banidos" da literatura infantojuvenil, quando versões "adocicadas", "corrigidas" ou "pedagogicamente sancionadas" se impuseram a todos, crianças, adolescentes, pais e professores: refiro-me à morte, ao erotismo, ao grotesco, à escatologia etc. A reavaliação de tais temas considerados "polêmicos" ou "inconvenientes" permitirá, por um lado, que remontemos aos primórdios de uma tradição milenar que sempre alimentou a literatura para crianças e, por outro lado, estimulará a discussão sobre uma postura em voga nos tempos atuais, qual seja, a que busca apoio na noção de "politicamente correto" para restringir a função dos textos literários, tornando-os um veículo passivo a serviço de uma causa ou de uma ideologia.

Segundo Octavio Paz, para alguns escritores e artistas

> o fundamental é a intenção, quase religiosa, de sua obra. [...] Para outros, o artista deve ser simplesmente artista. A obra de arte, só arte. Sem nenhuma intenção. A arte não é jogo. Nem política. Nem economia. Nem bondade. É somente arte.[1]

---

[1] Paz, Octavio. *Primeiras letras*. Cidade do México: Seix Barral, 1990, p. 113.

Temos assim dois campos contrários nos quais se colocaram e ainda se colocam os escritores e, portanto, também os leitores. A partir do esclarecimento desse embate entre campos opostos, espero que este livro possa ajudar o leitor a compor uma biblioteca na qual visões muito restritivas sobre o nosso objeto, a literatura para crianças, não prevaleçam nem tolham o mais importante: as explorações estéticas que levem à busca de livros infantis mais atraentes para leitores de todas as idades.

A organização dos livros nesta biblioteca não é casual. Eles são apresentados ao leitor numa sequência que valoriza as afinidades entre os autores e os títulos que publicaram. Assim, só para citar um exemplo, falo dos contos de Edgar Allan Poe que tratam, entre outros temas "góticos", da morte e, em seguida, comento a obra do escritor e ilustrador contemporâneo Wolf Erlbruch, cujo livro *O pato, a morte e a tulipa* apresenta o mesmo tema, mas de outra perspectiva.

* * *

Nem todos os livros incluídos nesta biblioteca tiveram suas publicações originais dirigidas às crianças. Esse é o caso, por exemplo, de *Makunaíma e Jurupari: cosmogonias ameríndias*; e de *Tragédias e comédias*, de Shakespeare, na adaptação dos irmãos Lamb; e das obras *Alçapão para gigantes* e *Milagres do cão Jerônimo*, de Péricles Prade. Mas isso não deve impedir que esses livros cheguem às crianças, embora seja preciso que os adultos se prontifiquem a fazer a intermediação entre eles e os pequenos leitores. Não devemos nos esquecer de que a literatura começou como "literatura oral", o que significa que ela incluía, além de palavras, também gestos, cantos, danças etc.; portanto, de vez em quando é muito bom recriar essa *performance* "original" diante das crianças, lendo para elas livros aparentemente "difíceis" e "complexos".

* * *

Ao insistir em citar e comentar aqui textos não canônicos (entre outros, os indígenas), a minha intenção, além de tudo o que já disse nesta apresentação, é também oferecer sugestões de livros futuros às nossas editoras, livros que possam ser publicados num formato apetitoso e criativo que atraia imediatamente os leitores jovens.

Gostaria de lembrar que podem existir em português edições diferentes dos textos que selecionei. Embora tenha escolhido as edições que mais leio e consulto, isso não significa que eu as considere as únicas válidas: fiz apenas sugestões. Deixo a escolha final para o próprio leitor.

* * *

Alguns dos ensaios que compõem este livro foram publicados em jornais e revistas ao longo de 2010 a 2012.

SERÁ O BENEDITO!: MÁRIO DE ANDRADE PARA ADULTOS E CRIANÇAS

Publicada pela primeira vez em 1939, no "Suplemento em Rotogravura" do jornal *O Estado de S.Paulo*, a narrativa breve *Será o Benedito!* ganhou, em 2008, uma nova edição ilustrada por Odilon Moraes. De autoria de Mário de Andrade (1893-1945), um dos grandes nomes do Modernismo brasileiro, *Será o Benedito!* é um dos títulos da coleção infantojuvenil "Dedinhos de Prosa" (Cosac Naify), cuja característica tem sido publicar textos literários que fogem dos estereótipos associados à "literatura infantojuvenil".

A obra em questão é um daqueles textos cuja relevância não se restringe a uma faixa etária específica, "grandes e pequenos compreenderão seu significado em dimensões diversas",[1] como opinou Davi Arrigucci Jr. ao se referir às *Alices* de Lewis Carroll. Grandes e pequenos ficarão certamente enredados na história de amizade entre o esperto negrinho do campo e o homem culto da cidade:

> O negrinho era só quase pernas, nos seus treze anos de carreiras livres pelo campo, e enquanto eu conversava com os campeiros, ficara ali, de lado, imóvel, me olhando com admiração. [...]. Mistura de malícia e de entusiasmo no olhar, ainda levou a mão à boca, na esperança talvez de esconder as palavras que lhe escapavam sem querer: — O hôme da cidade, chi! [...]

Será o Benedito!, no entanto, vai muito além de uma simples história de amizade. Nesse texto, os já leitores de

---

[1] ARRIGUCCI JÚNIOR, Davi. *Achados e perdidos*. São Paulo: Companhia das Letras, 1999, p. 141.

Mário de Andrade reconhecerão o escritor, como afirmou Silviano Santiago, referindo-se sobretudo à correspondência do autor de *Macunaíma*,

> entregue à tarefa didática não só de contrapor ao pensamento eurocêntrico das nossas elites o abominado passado nacional, como também de reabilitar este pelo viés da multiplicidade das culturas populares que, no silêncio das elites, estiveram prestando-lhe contornos insuspeitos.[2]

Mário de Andrade dava início, desse modo, ao "abrasileiramento do Brasil", o qual só seria possível, segundo o escritor, quando o país fosse visto como ele é, quando se começasse a sentir saudade dele (do Brasil) e não do "cais do Sena em plena Quinta da Boa Vista".[3]

Para Mário de Andrade, enquanto o brasileiro não se abrasileirasse, continuaria sendo um "selvagem", ou um indivíduo sem identidade, como o protagonista de sua "História com data" (1921), um rico herdeiro da capital paulista que recebe, depois de um acidente, o cérebro de um operário italiano; ou o próprio Macunaíma, o seu herói sem caráter, segundo o autor: nem nacional, nem estrangeiro, nem elite, nem operário, nem local, nem cosmopolita.

O Modernismo de Mário de Andrade passa, então, da "fase do mimetismo, prá fase de criação", como ele mesmo escreveu com sua ortografia típica. Em *Macunaíma*, o escritor traz à tona não mais o índio do Romantismo, que era o paradigma das virtudes do país, mas um herói "sem identidade". Em *Será o Benedito!*, o que temos é o negrinho visto através dos olhos de um citadino "travestido" (expressão usada por Silviano Santiago ao se referir a Mário de Andrade) de etnógrafo, mas que gostava, como dizia o escritor, de "parar [na rua] e puxar conversa com gente

---

[2] Santiago, Silviano. *O cosmopolitismo do pobre*. Belo Horizonte: Editora da UFMG, 2004, p. 23.
[3] Ibidem, p. 25.

chamada baixa e ignorante! Como é gostoso! Fique sabendo duma coisa, se não sabe ainda: é com essa gente que se aprende a sentir e não com a inteligência e a erudição".[4]

Em *Será o Benedito!*, o moleque caipira "transforma" o visitante que puxou conversa com ele "em receptáculo de um saber que desconhecia e que, a partir do congraçamento, passa a também ser seu", como reconheceu Mário de Andrade: "Pouco aprendi com o Benedito, embora ele fosse sabido das coisas rurais. [...] Porque o negrinho não me deixava aprender com ele, ele é que aprendia comigo todas as coisas da cidade, a cidade que era a única obsessão da sua vida". De certa forma, pode-se ver aí uma inversão interessante de papéis, pois o negrinho parece ter virado etnógrafo, enquanto o homem da cidade age como seu informante.

Aqui, cabe lembrar que Monteiro Lobato, contemporâneo de Mário de Andrade, ao criar personagens caipiras, como o Jeca Tatu e a tia Anastácia do *Sítio do Pica-pau Amarelo*, também levou seus leitores (parte deles crianças) de volta ao campo e assim lhes revelou o caboclo, o mulato e o negro, não como evidentes modelos de inspiração ou exemplos a serem seguidos, mas, às vezes, explicitamente, como empecilhos à elaboração da cultura num Brasil moderno. O que diferencia Mário de Andrade de Monteiro Lobato é, desse modo, o olhar. Lobato mantém o olhar de superioridade racial de um escritor que, como outros intelectuais da época, defendia ideias eugenistas. Lobato não só estava ligado à Sociedade Eugênica e à Liga Pró-Saneamento do Brasil (LPSB) como também viajou, a serviço da causa sanitarista, pelo interior do Brasil. Isso, felizmente, acabou alterando um pouco o seu olhar sobre Jeca Tatu, que de "inferior e inapto", segundo a historiadora Pietra Diwan, "passou a vítima, a paciente esquecido por um governo omisso e irresponsável".[5] Apesar de inocentar

---

[4] Santiago, Silviano, op. cit., p. 29.
[5] Diwan, Pietra. *Raça pura:* uma história da eugenia no Brasil e no mundo. São Paulo: Contexto, 2007, p. 102.

Jeca Tatu, Lobato ainda acreditava, como outros eugenistas, que "as doenças ocasionadas pela falta de higiene podiam ser transmitidas geração após geração".[6]

Mário de Andrade, ao contrário de Monteiro Lobato, só tinha medo de outra doença, que ele denominava "moléstia de Nabuco", tipicamente brasileira, cujo sintoma mais destacado era a saudade que os brasileiros sentiam das coisas da Europa. Numa carta enviada a Carlos Drummond de Andrade, Mário de Andrade diz que "[...] o Dr. Chagas descobriu que grassava no país uma doença que foi chamada de moléstia de Chagas. Eu descobri outra doença mais grave, de que todos estamos infeccionados: a moléstia de Nabuco".[7]

O certo é que existe uma grande diferença entre o negrinho de *Será o Benedito!* e a negra tia Nastácia do *Sítio*. O primeiro é esperto, digno de ser ouvido: "Pedi para ele me ensinar o laço, fabriquei um desajeitamento muito grande, e assim principiou uma camaradagem que durou meu mês de férias". Tia Nastácia, ao contrário, embora seja também ouvida, não lhe é dado sempre o devido valor. A boneca Emília resume bem o que isso significa, em *Histórias da tia Nastácia*, quando diz o seguinte a respeito dos causos da cozinheira: "Só aturo essas histórias como estudos da ignorância e burrice do povo. Prazer não sinto nenhum. [...] parecem-me muito grosseiras e bárbaras — coisa mesmo de negra beiçuda, como tia Nastácia". Paradoxalmente, os causos populares "de pouco valor" são recontados por Lobato em seu livro, dando assim ao leitor a oportunidade de conhecer essas histórias da tradição oral e, possivelmente, interessar-se por elas.

Mário de Andrade, na sua narrativa, puxou conversa ("puxar conversa" é uma expressão do próprio autor) com o outro (o outro étnico, o caipira) e, nessa difícil arte de

---

[6] Ibidem, p. 102.
[7] Santiago, Silviano. *Ora (direis) puxai conversa*. Belo Horizonte: Editora da UFMG, 2006, p. 24.

saber ("é difícil saber saber", dizia Mário de Andrade), compartilhou com um negrinho muito esperto e curioso saberes diversos.

Mário de Andrade apostou na harmonia entre o popular e o erudito, vanguarda europeia e cultura popular. Pode-se afirmar que o nome do menino do conto, Benedito, que repetia inúmeras vezes a expressão "Será o Benedito!", resume essas ideias de Mário de Andrade. Segundo Câmara Cascudo, Benedito foi

> santo popular na Sicília [...]. Preto e humilde, não aprendeu a ler e chegou a guardião do seu convento. [...] sua imagem foi divulgada antes da canonização regular [...]. Sua cor popularizou-o entre os negros, e no Brasil teve prestigioso culto tradicional [...]. Na massa negra das cidades maiores, São Benedito goza de prestígio diminuto, substituído pelos santos católicos, identificados com os orixás africanos.[8]

Benedito, o negrinho do conto, orbita entre essas muitas identidades originadas do seu próprio nome.[9] É, porém, entre a cidade e o campo que Benedito se perde. A doença que o condenou não foi a temida tuberculose, que se alastrava à época na cidade grande, mas a saudade das paisagens distantes que conhecia somente por meio de cartões postais: "Nas vésperas de minha partida, Benedito veio numa corrida e me pôs nas mãos postais usados, recortes de jornais, tudo fotografias de São Paulo e do Rio, que ele colecionava".

Será que Benedito era mais um brasileiro condenado pela falta de identidade?

---

[8] Cascudo, Luis da Camara. *Dicionário do folclore brasileiro*. Belo Horizonte: Itatiaia, 1984, p. 118.
[9] Esclareço, porém, que não pretendo explicar a origem da expressão "Será o Benedito!", muito comum no Brasil até hoje.

O MACACO COMO HOMEM: PERVERSÕES DE UM ESTRANGEIRO

Os contos do alemão Wilhelm Hauff (1802-1827), que morreu muito jovem, aos 25 anos, mas deixou uma obra expressiva e relativamente vasta, foram sempre publicados no Brasil em coleções dedicadas ao público infantojuvenil, embora suas histórias não se destinem apenas a essa faixa etária específica. Esse é o caso de *O macaco como homem* (Editora Scipione, coleção "Reencontro infantil", 2011), que, em excelente tradução e adaptação de Myriam Ávila, certamente agradará a leitores de diferentes gerações.

O macaco como homem narra a extravagante história de um estrangeiro que vive na pequena cidade alemã de Prados Verdes, cujo comportamento "peculiar", ou melhor, diferente, não agrada aos nativos. Como expõe Myriam Ávila, "é disso que trata a nossa história: da dificuldade que temos de aceitar que alguém viva de forma diferente da nossa".[1]

A dificuldade de ser compreendido pelos prados-verdenses leva o forasteiro a ironizar esses cidadãos, inserindo um macaco de circo, travestido de homem, no seio da sociedade. O macaco, apresentado como seu sobrinho, foi aceito como um exótico inglês:

> [...] encantou a todos, ganhou todos os corações. Bonito ele não era [...]. Além disso fazia caretas estranhas e variadas [...]. Porém, o conjunto de seus traços faciais era considerado extremamente interessante. Não poderia haver nada mais ágil e vivo do que sua figura".

---

[1] HAUFF, Wilhelm Hauff. *O macaco como homem*. São Paulo: Scipione, 2011, p. 4.

Por vezes, todavia, o comportamento do macaco causava desconforto entre os cidadãos de Prados Verdes:

> O prefeito e o médico ficavam furiosos, mas não podiam demonstrar sua raiva. Sentavam-se então para uma partida de xadrez e lá vinha o sobrinho de novo, espiava sobre o ombro do prefeito com seus óculos enormes, criticava essa e aquela jogada, dizia ao doutor como mexer as peças, o que os deixava irritadíssimos.

Poder-se-ia pensar no macaco, o estrangeiro, como o *alter ego* do homem local. O *alter ego*, segundo Julia Kristeva, é "o revelador de suas fragilidades pessoais, ao mesmo tempo que do vício dos costumes e das instituições".[2] O macaco representaria, parece-me, o homem como estrangeiro para si mesmo: "um estranho cuja polifonia estaria doravante, 'para além do bem e do mal'".[3] Ou melhor, um excêntrico, um cínico que, conforme Kristeva, "mostra o *outro* da razão; estranho às convenções, ele se desacredita para nos colocar diante de nossa alteridade inconfessável".[4]

O estrangeiro, opina essa estudiosa, é também a metáfora da distância que deveríamos tomar em relação a nós mesmos, para alcançar a dinâmica da transformação ideológica e social.

É possível também comparar o conto de Hauff a *O sobrinho de Rameau*, de Denis Diderot (1713-1784), uma vez que o macaco, assim como o sobrinho de Rameau, é um "misto de altivez e baixeza, de bom senso e desatino", portanto, "se um dia o encontrardes, que sua originalidade não vos detenha; tapareis vossos ouvidos com vossos dedos, ou fugireis. Nada é mais diferente dele do que ele próprio",[5] como se lê na narrativa de Diderot.

---

[2] KRISTEVA, Julia. *Estrangeiros para nós mesmos*. Rio de Janeiro: Rocco, 1994, p. 140.
[3] Ibidem, p. 141.
[4] Ibidem, p.144, grifo da autora.
[5] DIDEROT. *Textos escolhidos*. São Paulo: Abril Cultural, 1985, p. 41.

Julia Kristeva lembra que, em *O sobrinho de Rameau*, o filósofo francês "abandona o seu espírito a toda libertinagem", usando, para isso, o sobrinho como interlocutor, que é "um desses 'originais', pouco estimado pelo filósofo, que mesmo assim não deixa de conduzir a conversa".[6]

A respeito do sobrinho de Rameau e, por extensão, do macaco do conto de Hauff, Kristeva opina que ele "não quer se ordenar — ele é o espírito do jogo que não quer parar, não quer pactuar, mas somente provocar, deslocar, inverter, chocar, contradizer".[7] Além disso, tanto o sobrinho de Rameau quanto o macaco de Hauff são estranhos ao consenso dos outros. Não por acaso, o macaco não se importava com algumas críticas negativas que faziam aos poemas que ele declamava: "Claro que sempre havia quem afirmasse que os tais poemas eram, em parte, ruins e sem sentido [...]. Mas o sobrinho não se incomodava: lia e lia, chamava a atenção para a beleza dos seus versos e, a cada leitura, recebia estrondosos aplausos".

Acredito que também possa servir para o macaco do conto de Hauff a seguinte passagem de *O sobrinho de Rameau*: "nas raras vezes em que o encontro, sou retido pelo contraste de seu caráter com o dos outros, rompendo a uniformidade fastidiosa criada por nossa educação, por nossas convenções sociais, por nossas conveniências habituais".[8] Como não lembrar aqui do herói Macunaíma, protagonista do romance homônimo de Mário de Andrade?

Escolhi uma adaptação recente do conto de Wilhelm Hauff. Em se tratando de uma adaptação, é sempre bom lembrar que, como afirma Linda Hutcheon, as adaptações são "objetos estéticos em seu próprio direito".[9] Ademais,

---

[6] KRISTEVA, op. cit., p. 141.
[7] Ibidem, p. 141.
[8] DIDEROT, op. cit., p. 42.
[9] HUTCHEON, Linda. *Uma teoria da adaptação*. Florianópolis: Editora da UFSC, 2011, p. 28.

elas "[...] são tão fundamentais à cultura ocidental que parecem confirmar o *insight* de Walter Benjamin, segundo o qual 'contar histórias é sempre a arte de repetir histórias'",[10] conclui Hutcheon. A competente versão de Myriam Ávila só confirma isso.

---

[10] HUTCHEON, op. cit., p. 22.

CONTOS INDÍGENAS:
AS LENDAS DE MAKUNAÍMA E JURUPARI

No tocante à linguagem lúdica, o filósofo italiano Giambattista Vico afirmou que, quando "os homens, ignorantes das causas naturais que produzem as coisas" não podiam explicá-las, davam a elas a sua própria natureza, sendo esse um procedimento típico da criança, que pela fantasia tenta se aproximar daquilo que não pode explicar: ela toma "coisas inanimadas entre as mãos e, brincando, fala-lhes como se fossem vivas", comentou Vico.[1]

Assim, para Vico, os mitos, as lendas, as fábulas de animais e os contos de fadas tiveram originalmente uma função "pragmática", pois serviram para explicar o mundo; porém, ao longo do tempo, essa função primeira foi perdendo força e a tradição oral se tornou literatura fantasiosa e, desde então, abasteceu a literatura oral dos povos.

Essa literatura oral, no princípio, como afirmam os especialistas contemporâneos, não era especialmente destinada às crianças, mas despertou o interesse delas. Segundo Cecília Meireles, "se bem que essa avidez seja variável, sobretudo nos tempos de hoje, por toda parte temos ainda vivas histórias e lendas pertencentes ao patrimônio oral dos povos. E ousamos dizer que essa é ainda a contribuição mais profunda, na Literatura Infantil".[2]

Das sociedades indígenas também herdamos muitas narrativas. No Brasil, duas relevantes coletâneas de contos indígenas que tiveram ampla repercussão na cultura

---

[1] VICO, Giambattista. *Princípios de (uma) ciência nova:* acerca da natureza comum das nações. São Paulo: Abril Cultural, 1984, p. XV.

[2] Meireles, Cecília. *Problemas da literatura infantil.* Rio de Janeiro: Nova Fronteira, 1984, p. 87.

brasileira moderna, e que as crianças de hoje deveriam, portanto conhecer, foram feitas pelo alemão Theodor Koch-Grünberg e pelo conde italiano Ermanno Stradelli.

Em 1917, Koch-Grünberg publicou pela primeira vez, na língua alemã, a antologia *Mitos e lendas dos índios Taulepangue e Arekuná*. Essa antologia trouxe à luz o personagem Makunaíma (existem duas grafias para o nome do herói indígena: uma com a letra "c", adotada por Mário de Andrade, e outra com a letra "k", adotada por Koch-Grünberg), cujas aventuras inspiraram o romance homônimo do mestre modernista. Já a *Lenda de Jurupari*, também de origem amazônica, foi publicada pela primeira vez em italiano, em 1890, por Ermanno Stradelli.

Na edição brasileira mais recente desses relatos indígenas, publicada sob o título *Makunaíma e Jurupari* (Perspectiva, 2002), lemos que os contos indígenas, assim como os contos de fadas e os relatos mitológicos ou lendários, não são propriamente cosmogônicos (não descrevem a origem do mundo); muito frequentemente eles são etiológicos: explicam, por exemplo, como o mundo atual e seus habitantes adquiriram, num tempo remoto, sua fisionomia definitiva. Assim, lê-se na lenda de Pu'iito, "Como as pessoas e os animais receberam seu ânus":

> Antigamente, os animais e as pessoas não tinham ânus para defecar. Acho que defecavam pela boca. Pu'iito, o ânus, andava por aí, devagar e cautelosamente, peidando no rosto dos animais e das pessoas, e depois fugia. Então os animais disseram: "Vamos agarrar Pu'iito, para dividi-lo entre nós! [...]". Foi assim que adquirimos nosso ânus. Se hoje não o tivéssemos, íamos ter que defecar pela boca, ou então arrebentar.[3]

Outro aspecto que merece ser destacado nos contos indígenas é o papel nada convencional do "herói". Este é geralmente considerado um tipo de "malandro" que pode

---

[3] MEDEIROS, Sérgio (org.). *Makunaíma e Jurupari:* cosmogonias ameríndias. São Paulo: Perspectiva, 2002, p. 101-2.

tanto criar quanto destruir. Hoje em dia o "malandro" é chamado de *trickster*, termo usado originalmente pelos estudiosos da mitologia da América do Norte, mas que se aplica também à literatura da América do Sul. Pode-se dizer que o *trickster* é simultaneamente herói e vilão. Por isso Mário de Andrade se referiu ao protagonista do seu romance como um herói sem nenhum caráter.

Segundo a estudiosa Lucia Sá, Makunaíma (ou Macunaíma), o grande herói pemon (esse termo engloba hoje os antigos povos taulipangue e arekuná), não pode ser descrito como bom e generoso.[4] Aliás, de acordo com Koch-Grünberg, "o nome do supremo herói tribal, Makunaíma, parece conter como parte essencial a palavra *Maku* = mau e o sufixo aumentativo *Ima* = grande. Assim, o nome significa 'O grande mau', que calha perfeitamente ao caráter funesto desse herói".[5]

Vários outros personagens indígenas também seriam *tricksters*, pois apresentam características incongruentes: por um lado agem como heróis (tornam o mundo seguro para os seres humanos) e por outro são bufões egoístas (comportam-se de maneira comicamente inapropriada). Enfim, não podem ser considerados nem bons nem maus, pois são "ao mesmo tempo um vilão e uma vítima", como ressalta a estudiosa brasileira Lúcia Sá ao analisar os personagens indígenas.[6]

Isso contribui para que preceitos morais explícitos, como os que encontramos, por exemplo, nas fábulas tradicionais edificantes, não apareçam jamais nas lendas ameríndias.

O *trickster* apresenta ainda um caráter plástico, maleável, que lhe permite adaptar-se às mais diferentes situações,

---

[4] SÁ, Lúcia. "Tricksters e mentirosos que abalaram a literatura nacional: as narrativas de Akúli e Mayuluípu". In: MEDEIROS, Sérgio (org.), op. cit., p. 250.
[5] MEDEIROS, op. cit., p. 33.
[6] SÁ, Lucia. "Tricksters e mentirosos que abalaram a literatura nacional: as narrativas de Akúli e Mayuluípu". In: MEDEIROS, Sérgio (org.), op. cit., p. 253.

favoráveis ou desfavoráveis. É assim, modificando-se a cada aventura, que Makunaíma, ou Macunaíma, atravessa o mundo, um mundo desconhecido e também em constante transformação.

Por fim, o estudioso Sérgio Medeiros lembra que o final frustrado é um traço peculiar de muitas narrativas da floresta, denominadas por ele de narrativas sem fim conclusivo ou final feliz,[7] como sucede, por exemplo, no conto "Naruna se apaixona por Jurupari. Morte de Naruna":

> [...] e quando Date perguntou ainda:
> "Ninguém viu a minha mulher?"
> O jarro quebrou-se e apareceu o corpo de Naruna já sem pele, tanto a bebida era forte.
> Quando Date viu que Naruna estava morta, amaldiçoou Jurupari.
> E de todos que estavam presentes, ninguém soube quem a tinha matado.
> Dizem que Date, por não saber usar a mandinga, acabou matando Naruna sem querer.[8]

---

[7] MEDEIROS, Sérgio. Contos confusos. In: MEDEIROS, Sérgio (org.). *Makunaíma e Jurupari:* cosmogonias ameríndias. São Paulo: Perpectiva, 2002, p. 244.
[8] MEDEIROS, op. cit., p. 340.

UMA PRIMEIRA LEITURA DO *POPOL VUH*, COSMOGONIA AMERÍNDIA

Em 2008, a Editora SM, de São Paulo, lançou, na coleção infantojuvenil "Cantos do Mundo", uma sedutora adaptação em prosa do *Popol Vuh*, poema épico maia considerado "a Bíblia" do continente americano, sob o título *Os gêmeos do Popol Vuh*. No maia-quiché o termo "*pop*" significa esteira trançada, assento de autoridade e conselho, mas é também o nome de uma festa anual,[1] como explica o americanista Gordon Brotherston. "*Vuh*" significa apenas livro. Costuma-se traduzir *Popol Vuh* por *Livro do conselho*.

O *Popol Vuh* foi escrito no século XVII, apenas três décadas após a invasão do território quiché na Guatemala, liderada por Pedro de Alvarado. O livro resgata a memória indígena milenar e reivindica ao mesmo tempo o direito à terra que os indígenas sempre ocuparam.

Segundo Brotherston, o manuscrito que conhecemos hoje do *Popol Vuh* é uma cópia:

> feita em Rabinel, Guatemala, de outra cópia, feita no povoado de Chichicastenango, também na Guatemala, do original maia--quiché do século XVI, que utiliza a escrita alfabética introduzida pelos conquistadores. [...] A história de sua tradução para as línguas europeias começa com a versão setecentista do padre Ximénez, que foi seguida por versões em francês e alemão, e por outras em espanhol.[2]

Narra esse poema cosmogônico que o homem ameríndio foi feito de milho. Mas antes do surgimento

---
[1] BROTHERSTON, Gordon; MEDEIROS, Sérgio (orgs.). *Popol Vuh*. São Paulo: Iluminuras, 2007, p. 12.
[2] Ibidem, p. 12.

do homem, outras criaturas habitaram a Terra. Numa passagem da versão infantojuvenil, lemos:

> O deus dual dos maias ainda não havia completado a criação. Ainda não amanhecia, ainda não haviam nascido os primeiros homens e, no entanto, naquele mundo povoado por divindades já havia a soberba. Vuqub Kaqix e seus filhos, Cipacna e Kaab r Aqan, maculavam a existência com palavras e atos destrutivos. Considerando essa situação intolerável, o deus dual U Kux Kah, U Kux Ulev pediu a alguns semideuses que dessem um fim àquela família de arrogantes.

Assim começa a história do mundo. A seguir, entram em ação os dois heróis fundamentais do panteão maia, os gêmeos Hun Ah Pu e X Balam Ke, que são seres sobre-humanos que descem a Xibalba, uma espécie de inferno (inframundo), para vingarem a morte do pai:

> Depois de se despedir da avó e da mãe, os gêmeos pegaram a bola, colocaram as zarabatanas no ombro e partiram rumo às profundezas de Xibalba. Como haviam feito antes seu pai e seu tio, tiveram de enfrentar terríveis obstáculos. Chegaram a dois rios, um de pus e outro de sangue, que fediam muito.

O homem de milho surgirá depois, como uma das consequências do sucesso dos gêmeos.

No prefácio da edição voltada ao público infantojuvenil, o escritor argentino Jorge Luján, autor da adaptação, afirma que "todo dia algum livro desaparece para sempre. No entanto, há certas histórias que não podem ser esquecidas e são reescritas inúmeras vezes [...]".[3] Os brasileiros conhecem muito pouco desse poema sagrado dos maias; por isso, é louvável a iniciativa de lançar uma versão em prosa[4] visando tornar a obra, que é bastante complexa, mais conhecida dos jovens.

---

[3] LUJÁN, Jorge. *Os gêmeos do Popol Vuh*. São Paulo: SM, 2008, p. 9.
[4] A versão do poema maia em dísticos pode ser lida no livro *Popol Vuh*, publicado pela Editora Iluminuras; a obra foi organizada por Gordon Brotherston e Sérgio Medeiros e traduzida pelo último.

A cuidadosa edição da SM oferece aos leitores um glossário de termos indígenas e dados consistentes sobre a história e a cultura maias.

AS TRAVESSURAS DE JUCA E CHICO: HISTÓRIAS POLITICAMENTE INCORRETAS

Escrito em 1865 pelo alemão Wilhelm Busch (1832--1908), o livro *Max und Moritz* voltou à cena brasileira em 2012, em duas novas publicações: *As travessuras de Juca e Chico*, tradução de Claudia Cavalcanti (Iluminuras/Livros da Tribo), e *Juca e Chico*, reedição da clássica tradução de 1915 de Olavo Bilac (Pulo do Gato).

Busch conta em versos as aventuras de dois meninos que vivem num vilarejo qualquer da Alemanha, muito semelhante a outros que conhecemos mundo afora. Juca e Chico, os protagonistas, são dois travessos que gostam de pregar peças nos adultos. A lista de suas vítimas impressiona: uma viúva, um alfaiate, um professor, o próprio tio, um padeiro, um camponês...

Os meninos fazem coisas espantosas. Matam as galinhas de estimação de uma velha viúva, que fica desolada ("Aflita a pobre senhora/ Arranca os cabelos, chora... / E por fim, as cordas corta,/ Para que a família morta/ Não fique dançando ao vento [...]"); colocam pólvora no cachimbo do professor, que, na primeira tragada, fica todo queimado ("Queimada pela raiz/ A cabeleira; o nariz,/ A boca, o queixo pontudo,/ Olhos, dedos, mãos, e tudo [...]"); e escondem besouros no colchão do próprio tio (" 'Ai! Ai!' E começa a guerra:/ Um bicho as pernas lhe ferra, / Um por baixo, outro por cima!").

Os excertos citados foram vertidos por Olavo Bilac, tradução que não perdeu o viço com o passar dos anos.

Numa época em que a literatura infantil se preocupa em transmitir comportamentos sociais "aceitáveis", ou seja, politicamente corretos, o livro *Juca e Chico* ressurge com uma proposta oposta, trazendo "heróis" que roubam pães, derrubam pontes, desrespeitam os mais velhos: "'Venha cá, Silva, ao combate,/ Saia de casa, bobo alfaiate!'./ Silva a tudo suportava/ Sem reclamar, se calava;/ Mas ao ouvir a rudeza,/ Agiu contra a natureza", na tradução contemporânea de Claudia Cavalcanti.

Juca e Chico faria, como afirma a tradutora Claudia Cavalcanti, uma crítica mordaz ao comportamento da sociedade, principalmente ao da classe burguesa da época, "com farpas lançadas ao mundinho dos professores, profissionais liberais [...]".[1] Os versos de Busch foram escritos no mesmo ano da publicação de outro clássico nada convencional, *Alice no país das maravilhas* (1865), de Lewis Carroll, livro infantojuvenil que também vai contestar o papel do comportamento socialmente aceito e do sistema escolar moralizante. De certa forma, os dois moleques encarnam, nessas narrativas impagáveis, um tipo de Macunaíma europeu, assumindo o tempo todo o papel de "malandrinhos", ou, se o leitor preferir, de *tricksters* do Velho Mundo.

É sempre bom lembrar aos leitores uma máxima do escritor e dramaturgo russo Anton Tchékhov, segundo a qual escrever não é passar sermão. A função do escritor, dizia o autor russo, é mostrar apenas como os personagens são: "Você quer que, ao representar ladrões de cavalos, eu diga: roubar cavalos é um mal. Mas isso, mesmo sem que eu o diga, já é sabido de longa data. Deixemos aos jurados julgá-los, a minha função é apenas mostrar como eles são".[2]

Que o comportamento de Juca e Chico é pouco louvável, qualquer um sabe, mas não se pode negar a força e a atualidade do clássico infantil que esses dois traquinas imortais protagonizam. Não basta uma mensagem

---

[1] BUSCH, Wilhelm. *As travessuras de Juca e Chico*. São Paulo: Iluminuras, 2012, p. 1.
[2] TCHÉKHOV, Anton. *Sem trama e sem final*. São Paulo: Martins Fontes, 2007, p. 83.

"certinha" ou edificante para transformar um texto em grande obra literária – talvez essa seja a moral da história.

As ilustrações de *Juca e Chico* são de autoria do próprio Busch, que estudou artes e se tornou famoso caricaturista e ilustrador, além, obviamente, de renomado escritor. Ele fracassou, porém, como pintor profissional, e teria deixado ao morrer aproximadamente mil pinturas a óleo que nunca conseguira vender.

Para que o leitor sinta melhor o sabor dos versos de Busch em português, reproduzo a seguir a abertura de *Juca e Chico* nas traduções de Olavo Bilac e de Claudia Cavalcanti:

> *Não têm conta as aventuras,*
> *As peças, as travessuras*
> *Dos meninos malcriados ...*
> *— Destes dois endiabrados,*
> *Um é Chico; o outro é o Juca:*
> *Não querem ouvir conselhos*
> *Estes travessos fedelhos!*
> *— Certo é que, para a maldade,*
> *Nunca faz falta a vontade [...].* (Trad. Olavo Bilac).

> *Quem já viu dois malvados,*
> *Traquinas, travessos, malcriados,*
> *Como os de tempos idos*
> *Por Juca e Chico conhecidos?*
> *O ensino não seguem fácil*
> *Nem ouvem o homem sábio.*
> *Muitas vezes caçoam e, pior,*
> *Riem dos outros a dor.* (Trad. Claudia Cavalcanti).

JOÃO FELPUDO:
O GROTESCO PARA CRIANÇAS

Ao ler *João Felpudo* (Iluminuras, 2011), traduzido do alemão por Claudia Cavalcanti, lembrei-me de minha avó, que narrava com muita frequência as "histórias surreais" desse personagem, as quais ela sabia de cor. Senti uma certa nostalgia da primeira infância, época em que as ideias fantasiosas, espantosas e extravagantes são absorvidas sem a culpa moralista que a escola e o mundo logo nos impõem.

João Felpudo foi escrito pelo médico alemão Heinrich Hoffmann para seu filho de três anos, às vésperas do Natal de 1844. Na ocasião, o médico procurava um livro para presentear o filho, mas tudo o que encontrou nas livrarias foram "histórias moralistas que começavam e terminavam com ameaçadoras prescrições, do tipo: 'A criança boazinha tem de ser sincera', ou: 'A criança boazinha tem de estar sempre limpa' etc.".[1]

Hoffmann tentou fugir do comodismo dessa literatura infantil. Em *João Felpudo* lemos contos surpreendentes, como, por exemplo, o do menininho que desobedecia à mãe e colocava os dedos na boca. Certo dia, porém, o menino foi punido por um certo Conrado, personagem

> Que vai atrás, como um torpedo,
> do garoto chupa-dedos.
> Opa! Agora não há saída
> Com a tesoura infanticida,
> Grande, brilhante e até afiada:
> "Ai! Que terrível tesourada!".

---

[1] HOFFMANN, Heinrich. *João Felpudo*. Trad. Claudia Cavalcanti. São Paulo: Iluminuras, 2011, p. 30.

E o menino acaba sem os dedos da mão!

Como não comparar os contos de Hoffmann com os poemas de Edward Lear, escritor do século XIX que também dedicou sua obra às crianças? Entre as centenas de composições bizarras de Lear, chamadas limeriques (poeminhas de cinco versos), destacarei uma sobre um velho do Nilo que, ao afiar as unhas com uma serra, amputou os dedos da mão.[2]

Os contos de fadas tradicionais também trazem à tona esse universo grotesco e *nonsense*. Em "O Junípero", dos irmãos Grimm, a madrasta malvada decapita o enteado e depois, para encobrir o crime, junta a cabeça dele ao corpo com um lenço e o deixa sentado num banco.

As histórias de *João Felpudo*, porém, apesar de "chocantes", estão entre a comédia trágica e a tragicomédia, ou seja, são mais grotescas do que propriamente violentas e assustadoras. Sabe-se que o grotesco não é apenas algo lúdico e alegre, leve e fantasioso; é, "concomitantemente, algo angustiante e sinistro em face de um mundo em que as ordenações de nossa realidade" estão suspensas,[3] afirma Wolfgang Kayser.

Diante do grotesco, prossegue Kayser,

> várias sensações, evidentemente contraditórias, são suscitadas: um sorriso sobre as deformidades, um asco entre o horripilante e o monstruoso em si. Como sensação fundamental, porém, [...] aparece o assombro, como se o mundo estivesse saindo fora dos eixos e já não encontrássemos apoio nenhum.[4]

Outra característica do grotesco é que seus personagens se mantêm calmos e indiferentes diante das "torturas" que sofrem.

---

[2] A tradução que proponho para esse limerique de Lear é: "Havia um velho de Camberra/ Que afiava as unhas com serra,/ Até que os dedos cortou, e calmamente falou:/ 'Acontece quando se usa serra!'".
[3] KAYSER, Wolfgang. *O grotesco*. São Paulo: Perspectiva, 2009, p. 20.
[4] Ibidem, p. 31.

Hoffman uma vez confessou que, apesar do sucesso do seu livro, "foram imputados grandes pecados a 'João Felpudo', criticando-se, muitas vezes com aspereza, que o mesmo não condizia com os contos de fadas, que os desenhos assinados pelo próprio autor eram grotescos demais".[5]

A tradutora dessa nova versão de *João Felpudo* (o livro já havia sido traduzido antes por Olavo Bilac) lembra que, numa época de radicalismos politicamente corretos, a publicação desse clássico não deixa de ser uma ousadia, "com tantas mensagens mais 'educativas' que precisamos passar aos nossos filhos em tempos às vezes tão violento e moralmente surpreendentes como estes".[6]

Contudo, Vladimir Nabokov já dizia ironicamente que o escritor não é carteiro; portanto, não precisa entregar mensagens. Não existe nada mais aborrecido, parece-me, do que ler um livro em que passarinhos e florezinhas tomam o lugar de nossos pais e educadores e acham uma moral para tudo (experiência vivida pelo escritor Graciliano Ramos, conforme ele narra no livro *Infância*), à moda da duquesa, personagem do livro *Alice no país das maravilhas*, de Lewis Carroll, que extraía um "ensinamento" ao final de cada sentença que Alice proferia. A duquesa, no livro de Carroll, representaria a instituição escolar, que foi muito questionada pelo autor inglês.

Devo ressaltar que, embora minha avó tenha sido leitora ávida de Hoffmann, ela não deixou de ser também uma ótima pessoa e sempre cultivou o humor acima de tudo.

---

[5] HOFFMANN, op. cit., p. 31.
[6] Ibidem, p. 6.

O TRISTE FIM DO PEQUENO MENINO OSTRA E OUTRAS HISTÓRIAS: A CRIANÇA E SEU "CONTINENTE NEGRO"[1]

Crianças lançadas de janelas, torturadas, assassinadas e assassinas, abusadas sexualmente. Parece que, enfim, chegamos ao "continente negro da infância", ao cenário de romance gótico descrito pelo pensador francês Jean Baudrillard num ensaio escrito há mais de uma década ("O continente negro da infância", 1995), cujo conteúdo muitos consideraram exagerado ou mórbido demais.

Ao refletir sobre o papel da criança na sociedade, Baudrillard afirmou de forma apocalíptica (para a época, pelo menos) que a infância, no que se refere à ordem social e política, era "doravante" um problema específico, "a exemplo da sexualidade, da droga, da violência, do ódio — de todos os problemas insolúveis derivados da exclusão social". A infância e a adolescência, disse Baudrillard, "convertem-se hoje em espaço destinado por seu abandono à deriva marginal e à delinquência".[2]

De fato, já há algum tempo convivemos, sem grandes surpresas, com crianças e adolescentes *serial killers*. Os jornais têm estampado dentro e fora do país várias manchetes não menos alarmantes: "crianças-projéteis", lançadas de janelas, jogadas em rios, em córregos, ou esquecidas em banco de carros, em mesas de bares, abandonadas em quartos de hotel. Baudrillard acredita que tais acontecimentos são "inexplicáveis em simples termos de psicologia, de sociologia ou de moral". Para

---

[1] Reaproveito aqui algumas reflexões que fiz no meu livro *As antenas do caracol* (Iluminuras, 2012), mas lhes dando outro desenvolvimento.

[2] Baudrillard, Jean. *Tela total:* mito-ironias da era do virtual e da imagem. Porto Alegre: Meridional, 2002, p. 51.

o pensador francês, "há mais, algo que vem da própria ruptura da ordem biológica e da ordem simbólica", que liquida a "gênese familial e sexuada, da concepção física e biológica".[3] Como resultado dessa ruptura, a "criança passa a ser um ser operacional, *performance* técnica e projeção identitária — mais prótese em miniatura do que verdadeiro 'outro'". A criança seria, então, um subproduto, sendo concebida "como excrescência ideal da imagem dos pais".[4] Baudrillard acrescenta ainda que, embora muitas dessas questões sejam para o futuro (criança-clone, por exemplo), elas já estão presentes "no imaginário coletivo, e até mesmo na relação entre pais e filhos". E, "quanto mais a hereditariedade genética aparece em evidência, mais a herança simbólica desaparece [...]. Mesmo a dramaturgia edipiana não funciona mais".[5]

Desse modo, opinou Baudrillard, há mais de uma década a criança vem perdendo "a alteridade natural para entrar numa existência satélite", não sendo mais afirmação da infância, "posto que não existem sequer as condições psíquicas e simbólicas da infância". O filósofo francês prossegue: "ao mesmo tempo que perde assim o próprio espírito e a singularidade, a infância torna-se uma espécie de continente negro".[6]

Nesse "continente negro" (entendo que seja uma típica metáfora gótica, uma imagem de romances de terror), o Outro é o adulto, contra quem a criança se volta violentamente, já que não se sente mais nem descendente nem solidária dele. Mas, quanto a esse adulto, pergunto-me onde ele se encontra realmente hoje, onde ele se situa nesse quadro geral em que tudo gera conflito e as certezas ficam abaladas ou relativizadas. Pois, segundo a tese de Baudrillard, há algumas gerações as crianças já não se

[3] Ibidem, p. 51.
[4] Ibidem, p. 52.
[5] Ibidem, p. 52.
[6] Ibidem, p. 52.

preocupam mais em tornarem-se adultas: "adolescência sem fim e sem finalidade que se autonomiza sem consideração pelo outro".[7]

Baudrillard conclui sua reflexão sobre a criança dizendo, no entanto, que sempre haverá crianças, "mas como objeto de curiosidade ou de perversão sexual, ou de compaixão, ou de manipulação e de experimentação pedagógica, ou simplesmente como vestígio de uma genealogia do vivo".[8]

A criança seria de fato um *Alien*? Um monstro que nasce do rompimento da cadeia simbólica das gerações? Ou seria ela um produto de outra época, de uma época em que a infância tinha o seu tempo, o qual foi destruído pela aceleração geral? E se a aceleração geral se confirmar como uma das causas do desaparecimento da criança, como poderemos reverter isso e assim recuperá-la?

O filósofo Maurice Merleau-Ponty, que ocupou de 1949 a 1953 a cátedra de Psicologia Infantil na Sorbonne, diz que "jamais se compreenderá que um outro apareça diante de nós, o que está diante de nós é objeto". Isso porque, segundo a sua teoria, só há lugar para o outro em "meu campo", portanto, é preciso que me desdobre e me descentre para viver a experiência do outro, a qual "é sempre a de uma réplica de mim, de uma réplica minha".[9] Como réplica, o outro está sempre à margem, já que "é por trás de nós que ele existe, assim como as coisas adquirem sua independência absoluta à margem do nosso campo visual".[10]

Seria no diálogo, na fala, porém, que se renovaria a mediação entre nós e o outro. Na opinião de Merleau--Ponty, "não sou apenas ativo quando falo, mas precedo a minha fala no ouvinte; não sou apenas passivo quando

---

[7] Ibidem, p. 52.
[8] Ibidem, p. 53.
[9] MERLEAU-PONTY, Maurice. *A prosa do mundo*. São Paulo: Cosac Naify, s/d, p. 169.
[10] Idem, p. 172.

escuto, mas falo de acordo com [...] o que o outro diz".[11] Portanto, na fala realizar-se-ia "a impossível concordância das duas totalidades rivais, não que ela nos faça entrar em nós mesmos e reencontrar algum espírito único do qual participaríamos, mas porque ela nos concerne, nos atinge de viés, nos seduz, nos arrebata, nos transforma no outro, e ele em nós".[12]

A fala seria, desse modo, o poder que melhor designa "esse gesto ambíguo que produz o universal com o singular, e o sentido com nossa vida".[13] A literatura sempre soube disso: a sereia muda do conto de Hans Christian Andersen não seduz o príncipe; ao contrário, apenas captura por algum tempo o brilho do grande par de olhos do amado e depois se esvai, desfazendo-se aos poucos em espuma do mar.

Efetivamente, a fala é um dos primeiros contatos que temos com a criança (esse outro de que falamos aqui). Diz Mikhail Bakhtin:

> as influências extratextuais têm uma importância muito especial nas primeiras fases do desenvolvimento do homem. Estas influências estão revestidas de palavras (ou de outros signos) e estas palavras pertencem a outras pessoas [...]. Depois, estas "palavras alheias" se reelaboram dialogicamente em "palavras próprias alheias" com a ajuda de outras "palavras alheias" (anteriormente ouvidas) e, em seguida, já em palavras próprias (com a perda das aspas, para falar metaforicamente) que já possuem caráter criativo.[14]

Alcançada a consciência criativa, um novo diálogo se inicia ("agora com vozes externas novas", como afirma Bakhtin). Entretanto, essa consciência do homem só desperta na consciência alheia e, por isso, "eu me conheço

---

[11] Ibidem, p. 178.
[12] Ibidem, p. 180.
[13] Ibidem, p. 180.
[14] BARROS, Diana Luz Pessoa de; FIORIN, José Luiz (org.). *Dialogismo, polifonia, intertextualidade*. São Paulo: Edusp, 2003, p. 38.

inicialmente através dos outros: deles recebo palavras, formas, tonalidade, para formar uma noção inicial de mim mesmo".[15]

Ocorre, entretanto, que não temos mais tempo para o diálogo (nem com a criança, nem com os outros de um modo geral), e por essa razão parece que estamos condenando o nosso possível interlocutor ao desaparecimento, a esse "continente negro" de que fala Baudrillard, onde a criança não é nada além de um "produto errático, produto de outra época, flutuando a maior parte do tempo entre pais que não sabem o que fazer dela".[16]

Na literatura chamada infantil contemporânea, esse "continente negro" já foi descrito com as mais fortes tintas góticas, procedimento estético que está se tornando usual na cultura de massa norte-americana e, sobretudo, no cinema de Hollywood consumido avidamente por crianças e jovens. Em *O triste fim do menino ostra e outras histórias* (lançado em 2007 pela Editora Girafinha), de Tim Burton, famoso diretor de cinema e talentoso escritor para crianças, encontramos narrativas que orbitam em torno de aventuras de crianças que não acham o seu lugar no mundo, ou de adultos que não sabem o que fazer com elas. No conto que dá título ao livro, lemos:

> Com o doutor a mãe foi se queixar:
> "Essa criança não é minha,
> Pois cheira a oceano e alga marinha".
> "Minha senhora, isso não é nada!
> Uma menina de bico e três orelhas
> Eu tratei na semana passada.
> Por seu filho ser meio ostra,
> Não adianta me culpar.
> Quem sabe fosse o caso de comprar
> Uma casinha à beira-mar [...]".[17]

---

[15] Ibidem, p. 39.
[16] Baudrillard, op. cit., p. 55.
[17] BURTON, Tim. *O triste fim do menino ostra e outras histórias*. São Paulo: Girafinha, 2007, p. 45.

Não foi à toa que Francisco, o pobre menino ostra, teve nesse poema um "triste fim" (ou uma "morte melancólica", como se lê no original): ao pai do menino, "O médico fez uma conjectura:/ 'A fonte não é de todo segura/ Mas seu distúrbio pode ter cura./ Está quase provado: comer ostras/ Propicia um desempenho sexual extra./ Talvez, devorar seu filho/ Ajude a durar por horas e horas'".[18] O pai levou às últimas consequências o conselho do médico e devorou a própria cria.

Pergunto-me se o astuto livro de Tim Burton, ao lado da visão apocalíptica de Baudrillard, não estaria anunciando o surgimento de uma nova geração de crianças, uma geração de meninos e meninas ostras com os quais não sabemos mais lidar. Deles só sabemos o que lemos casualmente nos jornais e na internet.

[18] Ibidem, p. 53.

HISTÓRIAS DE ARREPIAR: EDGAR ALLAN POE, O MESTRE DOS CONTOS DE HORROR

Personagens enterrados vivos, heroínas pálidas que circulam como zumbis, animais que anunciam uma desgraça, eis alguns dos personagens criados no século XIX pelo escritor norte-americano Edgar Allan Poe, um dos mestres da literatura de horror. Poe nasceu no dia 19 de janeiro de 1809, em Boston, EUA, e teve uma vida marcada pela perda precoce dos pais e, depois, da jovem esposa, e pelo excesso de bebida alcoólica, que o levou à morte, aos 40 anos de idade. Se a vida do escritor, a julgar pelo resumo que fiz, já é "aterrorizante", o que dizer da sua obra?

Poe escreveu contos apavorantes que se tornaram clássicos do gênero, como, por exemplo, "O gato preto", no qual o animal do título tem um dos olhos arrancados pelo próprio dono e depois se vinga dele; e "Os fatos no caso do Sr. Valdemar", cujo protagonista, mesmo depois de morto, não consegue deixar de mover a língua, que vibra e emite sons terríveis. Poe era um grande poeta e também escreveu poesia recheada de horror, como "O corvo", no qual um solitário personagem, ao chorar a morte da amada, recebe à noite a estranha visita de um corvo, um tipo de profeta infernal. A ave anuncia que ele nunca mais verá seu amor. O corvo simboliza o mau agouro, a desesperança e a solidão. A famosa tradução de Machado de Assis é muito fiel a esse "clima". Reproduzo aqui um trechinho dela:

> Profeta, ou o que quer que sejas!
> Ave ou demônio que negrejas!

Profeta sempre, escuta, atende, escuta, atende!
Por esse céu que além se estende,
Pelo Deus que ambos adoramos, fala,
Dize a esta alma se é dado inda escutá-la
No Éden celeste a virgem que ela chora
Nestes retiros sepulcrais.
Essa que ora nos céus anjos chamam Lenora!
E o corvo disse: "Nunca mais".
("O corvo", de Edgar Allan Poe, em tradução de Machado de Assis.)

Não é difícil entender o sucesso de Poe como escritor. Afinal, quem não gosta de ler histórias de arrepiar, ou de entrar em contato com o "outro", o estranho, o desconhecido? Quem não gosta, ainda, de frequentar histórias de monstros ou de seres terríveis, que mais parecem aberrações da natureza, de tão repulsivos e repugnantes que são? Muitas vezes esses seres hediondos provocam no leitor a sensação de que o mero contato físico com eles levará o protagonista da história à morte.

O escritor Howard Phillips Lovecraft, na introdução de seu livro *O horror sobrenatural na literatura*, afirma que a emoção mais forte e mais antiga do homem é o medo.[1] Apesar disso, lembra Lovecraft, não são poucas as críticas às narrações fantásticas de horror, feitas em geral por aqueles que defendem uma literatura didática para elevar o "otimismo" do leitor.[2]

O fato é que, nos contos de horror, o medo não significa apenas ficar aterrorizado com algo que se considera muito perigoso ou que parece extremamente ameaçador. O medo, nessas histórias, se mistura à repugnância, à náusea que sentimos por certos personagens, os quais tendem a ser percebidos como seres impuros ou imundos que, ocasionalmente, também estão em estado de putrefação:

---

[1] LOVECRAFT, H.P. *O horror sobrenatural na literatura*. São Paulo: Iluminuras, 2008, p. 13.
[2] Ibidem, p. 13.

são feitos de carne morta ou podre, ou de resíduo químico, ou estão associados com animais nocivos, doenças ou coisas rastejantes. Por isso, esses personagens são considerados tão perigosos quanto repugnantes e nojentos.

Convém lembrar que a palavra "horror" deriva do latim *horrore*, que significa ficar em pé ou eriçar, e do francês antigo *orror*, que pode ser traduzido como eriçar ou arrepiar.

Às crianças interessadas em conhecer um pouco do universo de Edgar Allan Poe, gostaria de sugerir, dentre as várias edições disponíveis hoje no mercado, a antologia *Histórias extraordinárias* (Ediouro, 2005), preparada pela consagrada escritora Clarice Lispector, nascida na Ucrânia mas radicada no Brasil, que soube, nessa adaptação à língua portuguesa, extrair todo o horror dos contos originais de Poe ao transpô-los para uma linguagem rápida, límpida e enfática.

Citarei uma passagem da recriação de Clarice Lispector, para que o leitor possa julgar por si mesmo o resultado obtido pela escritora:

> Enquanto eu fazia rapidamente os passes, ele pronunciava "Morto! Morto!", o som saindo da língua e não dos lábios. De repente, num minuto, o corpo contraiu-se..., quebrou-se em pedaços, absolutamente *podre*, sob minhas mãos. Sobre a cama, diante de toda aquela gente, restou uma quase líquida massa nojenta e horrível podridão. ("O caso do Valdemar", de Edgar Allan Poe, adaptação de Clarice Lispector.)

Segundo Lovecraft,

> a atração do espectral e do macabro é de modo geral limitada porque exige do leitor uma certa dose de imaginação e uma capacidade de desligamento da vida do dia a dia. Relativamente poucos são suficientemente livres das cadeias da rotina do cotidiano para reagir às batidas do lado de fora da porta [...].[3]

---

[3] Lovecraft, H.P., op. cit., p. 1-2.

As crianças certamente estão sempre propensas a se libertarem do cotidiano e, consequentemente, permitem com facilidade que um "lampejo de magia" lhes invada a imaginação.

Elas certamente apreciarão um conto como "O gato preto", que citei no início deste artigo. O protagonista desse conto é um homem dócil e gentil que se torna diabólico quando bebe. Num desses momentos de fúria, ele arranca um dos olhos de seu gato de estimação. Noutro acesso, ele mata sua própria mulher, que tentava proteger o bichano, e esconde o cadáver dela atrás de uma das paredes da casa. O gato preto finalmente revelará seu crime à polícia.

O outro conto que citei acima, "Os fatos no caso do Sr. Valdemar", apresenta o protagonista à beira da morte, quando é submetido a uma sessão de hipnose. O propósito dessa sessão "científica" era saber se, hipnotizado, o moribundo resistiria à sua morte. Sob o efeito da hipnose, o Sr. Valdemar não morre totalmente, já que sua língua não para de se mexer, rogando que lhe deixem partir em paz e imediatamente.

Um terceiro conto que gostaria de recomendar é "Berenice". A protagonista, vítima de uma doença fatal, casa-se com o primo, que também sofre de uma enfermidade, no caso psicológica. Pouco antes de morrer, Berenice, pálida e magra, aparece diante do primo e sorri. Seus dentes se destacam e se transformam em objeto de desejo do primo. Este, após a morte de Berenice, decide apropriar-se dos dentes dela.

Finalmente, ao ler o famoso conto "O retrato oval", o leitor saberá que um quadro, numa casa antiga, revela ao seu novo proprietário a terrível história de um artista que, obcecado por sua arte, não percebe que sua musa está morrendo à sua frente enquanto ele pinta o retrato dela. O quadro "sugou" ou "absorveu", por assim dizer, a vitalidade da musa.

O PATO, A MORTE E A TULIPA:
AS CRIANÇAS E A EXPERIÊNCIA DA PERDA

Como falar da morte? Como falar da morte para as crianças?

O pato, a morte e a tulipa (Cosac Naify, 2009), escrito e ilustrado pelo alemão Wolf Erlbruch e traduzido por José Marcos Macedo, introduz de forma poética um tema difícil tanto para crianças quanto para adultos.

O livro conta a história da amizade entre um pato e a morte. É claro que no começo a morte provoca no pato um temor bastante justificado:

— Quem é você, e por que fica andando atrás de mim?
— Ainda bem que você finalmente percebeu — disse a morte. — Eu sou a morte.
O pato levou um susto.
E não era para menos.
— Você veio me buscar agora?

Num ensaio intitulado "Devemos temer a morte?", que integra o livro *Ensaios sobre o medo*, organizado por Adauto Novaes, Francis Wolff afirma (o que soa bastante óbvio) que o medo mais universal é o medo da morte, no entanto é o medo de que menos falamos abertamente: "falamos abertamente de doenças, de sofrimentos, de assassinatos, de massacres, de terror, mas da própria morte só falamos de maneira camuflada, e do medo que ela inspira — do medo que nossa própria morte inspira — não falamos quase nada [...]".[1]

Falar da morte, não importa quem seja o interlocutor, é, portanto, um assunto delicado. Imagina-se, em geral,

---

[1] WOLFF, Francis. Devemos temer a morte? In: NOVAES, Adauto (org.). *Ensaios sobre o medo*. São Paulo: Senac, 2007, p. 17.

que a ideia da morte esteja distante do universo infantil, mas não é bem assim. Na opinião de Wolff, "[...] se o idoso está mais próximo de morrer do que a criança, a criança está mais próxima da ideia da morte".[2] Se para o idoso a morte é velha conhecida, para a criança é uma novidade, uma ideia bastante abstrata, que ela ainda precisa explorar. Ou seja, a morte e seus símbolos rondam a criança, os fantasmas de repente chegam do além, conforme se lê nas histórias de terror clássicas que leitores de todas as idades tanto apreciam.

Em *O pato, a morte e a tulipa*, com o decorrer do tempo, a morte, longe de ser apenas uma presença assustadora, vai se convertendo na grande companheira do pato que envelheceu:

— O que a gente vai fazer hoje? — perguntou a morte bem-humorada.
— Hoje a gente não vai até o lago — disse o pato. — Vamos fazer uma coisa bem bacana.
A morte ficou aliviada.
— Subir numa árvore? — perguntou de brincadeira.

Quanto à criança, sabe-se que um dia, inevitavelmente, ela começará a pensar na morte de modo mais realista, pensará na morte dos outros e na sua própria. Como dizia Hegel, o homem só deixa de ser "animal" quando se lembra que é mortal. Apesar dessa condição essencialmente humana, Wolff afirma que muitos adultos se surpreendem quando ouvem seus filhos opinarem sobre a morte ou se angustiarem com essa ideia.[3]

Num outro texto de *Ensaios sobre o medo*, Nathalie Frogneux lembra que se por um lado o medo da morte é um sentimento negativo, por outro lado ele tem, como todo sentimento negativo, "[...] um poder revelador

---

[2] Ibidem, p. 17.
[3] WOLFF, Francis. Devemos temer a morte? In: NOVAES, Adauto (org.), op. cit., p. 18.

superior ao positivo, uma vez que ele permite fazer surgir mais rapidamente, com mais lucidez e clareza, o que o valor ou o bem deixa na sombra e na confusão".[4] Se a mentira revela o valor da verdade, da justiça etc., a morte revela o valor da vida, conclui Frogneux.

O medo, diz a mesma ensaísta, nos permite sair da ignorância do perigo. Mas o medo não afasta os homens do perigo; ele apenas permite que os homens o enfrentem com prudência.[5] Parafraseando Aristóteles, Frogneux afirma que "enquanto é próprio do covarde fugir do medo, o imprudente o ignora."[6]

Francis Wolff imagina um homem que não tem medo da morte, nem em pensamento, nem em atos, nem na sua alma, nem no seu corpo. Esse homem, evidentemente, conclui Wolff, não viveria muito tempo: "Pois o medo da morte é apenas a face negativa (e afetiva) do instinto de sobrevivência".[7] Desse modo, temer a morte nada mais é do que uma emoção saudável que preserva a vida.

Existe também o medo da morte de pessoas próximas, daqueles que amamos. Nesse caso, o que nos aflige não é apenas a *perda da vida da pessoa*, mas também, e sobretudo, a *perda dessa pessoa em nossa vida*. Esse sentimento, aliás, aflige muito a própria morte, no final do conto de Erlbruch: "Quando perdeu o pato de vista, por pouco a morte não ficou triste. Mas assim era a vida".

---

[4] FROGNEUX, Nathalie. O medo como virtude de substituição. In: NOVAES, Adauto (org.). *Ensaios sobre o medo*. São Paulo: Senac, 2007, p. 189.
[5] Ibidem, p. 188.
[6] Ibidem, p 187.
[7] WOLFF, Francis. Devemos temer a morte? In: NOVAES, Adauto (org.). *Ensaios sobre o medo*. São Paulo: Senac, 2007, p. 23.

TRÊS CONTOS DE KURT SCHWITTERS: O SURREALISMO E A PROXIMIDADE COM A INFÂNCIA

No prefácio da edição brasileira de *Manifestos surrealistas*, de André Breton, Claudio Willer cita um estudo bastante importante de Octavio Paz, no qual o escritor mexicano afirma que no surrealismo nunca é possível ver o objeto em si, uma vez que ele "sempre está iluminado pelo olho que o mira, sempre será moldado pela mão que o acaricia, o oprime ou o empunha".[1] Desse modo, o objeto, que vemos sempre instalado em sua realidade "irrisória", imediatamente muda de forma e se transforma em outra coisa: "o olho que o mira o amolece como cera; a mão que o toca, o modela como argila. O objeto se subjetiva [...]. Evidentemente, trata-se do mesmo objeto, apenas servindo a poderes distintos",[2] conclui Paz.

Como não lembrar aqui de alguns contos surrealistas escritos, na primeira metade do século XX, pelo escritor e artista plástico Kurt Schwitters (1887-1948), os quais foram publicados no Brasil em 2009, numa edição experimental organizada pela professora Maria Aparecida Barbosa? A referida edição traz o selo da editora alternativa Katarina Kartonera (Florianópolis), que publica livros artesanais com capa de papelão recolhido nas ruas.[3]

Em "A história do coelho", na tradução de Heloísa da Rosa Silva, lemos que:

---

[1] BRETON, André. *Manifestos do Surrealismo*. São Paulo: Brasiliense, s/d, p. 16.
[2] Ibidem, p. 16.
[3] Mais informações sobre a editora podem ser encontradas no *site* http://katarinakartonera.wikidot.com/

Era uma vez um coelho, ele era marrom, tinha pelos longos e orelhas longas, um rabinho curto e pulava num canto. Ele pulava num canto mesmo quando não tinha canto nenhum. Bem, na verdade ele não era bem marrom, mas rosa, e seu pelo era curto, seu rabinho enrolado, e, na verdade, ele nem pulava, mas grunhia e chafurdava na lama [...].[4]

Claudio Willer lembra que uma das armadilhas da teoria burguesa do conhecimento — inclusive a que se pretende transformadora da sociedade —, e contra a qual o surrealismo se coloca, "é tentar impor uma determinada visão da realidade, uma determinada posição epistemológica como sendo o real, alegando sua concretude e presença".[5] No surrealismo, presença e concretude são qualidades transitórias.

O surrealismo, opina André Breton, tem muitas afinidades com a infância, período em que "[...] a ausência de qualquer rigorismo conhecido lhe dá a perspectiva de levar diversas vidas ao mesmo tempo [...]".[6]

Sabe-se que o objeto surrealista nasceu do movimento dadaísta, que explorou o mundo pré-lógico[7] do homem sonhador e da infância, por mais que esta tenha sido massacrada "com o desvelo dos ensinamentos", como diz Breton.

No surrealismo, ao contrário do que a escola e a vida nos impõem, a ideia de moral e a ideia de utilidade não são essenciais: o surrealismo recusa ver o mundo apenas como um conjunto de coisas boas ou de coisas más.[8]

Em outro conto surrealista de Schwitters, "Era uma vez um camundongo", vemos os animais entrarem em metamorfoses constantes: "Quando o gato acordou no dia seguinte, se deparou com um camundongo muito maior

---

[4] SCHWITTERS, Kurt. *Contos maravilhosos*. Florianópolis: Katarina Kartonera, 2009, p. 9.
[5] BRETON, op. cit., p. 18.
[6] Ibidem, p. 33-4.
[7] TELES, Gilberto Mendonça. *Vanguarda europeia & modernismo brasileiro*. Petrópolis: Vozes, 2009, p. 171.
[8] BRETON, André, op. cit., p. 16.

do que ele mesmo"[9] (tradução de Gabriela Nascimento Correa). Além disso, a lógica se inverte, a ponto de, no final do conto, nos depararmos com o gato e o rato unidos devorando uma mulher.

Mas é Breton quem nos adverte de que a influência da infância não pode ir tão longe, pois vai perdendo a sua força à medida que a criança cresce:

> [...] esta imaginação que não admitia limites, agora só se lhe permite atuar segundo as leis de uma utilidade arbitrária; ela é incapaz de assumir por muito tempo esse papel inferior, e quando chega ao vigésimo ano prefere, em geral, abandonar o homem a seu destino sem luz.[10]

Contos como os de Kurt Schwitters talvez ainda estejam muito longe dos bancos escolares e da formação tradicional do leitor. Segundo o consagrado escritor C. S. Lewis,

> há pessoas muito zelosas que recomendam a toda a gente a leitura realista porque, afirmam, nos prepara para a vida real, pessoas essas que, se as deixassem, proibiriam às crianças os contos de fadas e aos adultos os romances porque "dão uma falsa imagem da vida" ou, por outras palavras, iludem os leitores.[11]

No entanto, prossegue Lewis, "a exigência de que toda a literatura devia apresentar realismo de conteúdo não pode manter-se. A maior parte da grande literatura até hoje produzida no Mundo não o apresenta".[12] Certamente as crianças não se deixam iludir pelos contos de fadas tanto quanto se deixam iludir pelas histórias que ouvem na escola, sentencia Lewis.

---

[9] Schwitters, op. cit., p. 11.
[10] BRETON, op. cit., p. 34.
[11] LEWIS, C.S. *A experiência de ler*. Porto: Elementos Sudoeste, 2003, p. 95.
[12] Ibidem, p. 95.

MILAGRES DO CÃO JERÔNIMO E *ALÇAPÃO PARA GIGANTES*: O *NONSENSE* DE PÉRICLES PRADE

No contexto nacional, gostaria de chamar a atenção para duas contribuições importantes à literatura *nonsense*, ainda pouco valorizada e explorada entre nós: a primeira, a obra oitocentista do escritor gaúcho Qorpo-Santo; a segunda, os livros de contos do escritor catarinense contemporâneo Péricles Prade. Ambos, como se vê, autores do Sul do país, onde esse tipo de literatura parece vicejar melhor, tanto no teatro quanto na prosa.

Destacarei aqui apenas o *nonsense* de Péricles Prade, em especial os volumes *Os milagres do cão Jerônimo* (Letras Contemporâneas, 1999) e *Alçapão para gigantes* (Letras Contemporâneas, 1999), ambos publicados pela Editora da UFSC (EdUFSC, 2013), num único volume. Esses dois breves relatos suscitam a controvertida discussão em torno do público-alvo da literatura *nonsense*.

De fato, os contos de Prade, assim como os de Lewis Carroll (1832-1898) e os poemas de Edward Lear (1812-1888), dois dos pilares da literatura *nonsense*, "são muito mais ricos de maravilhoso que qualquer história de fadas",[1] como afirmou Cecília Meireles ao se referir especificamente à obra de Carroll, espécie de paradigma do *nonsense* literário. Qual criança não se sentiria atraída pela estranha história de uma dentadura aventureira, que lemos em *Os milagres do cão Jerônimo*? Eis um trechinho do conto em questão:

---

[1] Meireles, op. cit., p. 105.

> Enquanto dormia, a dentadura saiu do vaso, tranquilamente, e caminhou até a cozinha onde comeu todo o bolo [...]. Resolveu ter vida própria. Somente à noite, pois era demasiado o trabalho na boca do Senhor Pirandello durante o dia. ("A Dentadura")

Que leitor adulto, porém, não se sentiria igualmente instigado pela linguagem, à primeira vista "sem sentido", desses mesmos contos? Vejamos outro fragmento:

> Quando, pela primeira vez, o gigante caiu no alçapão, o baque foi violento e surdo. Nas seguintes, a queda era suportada com prudência e habilidade. Supunha-se que, com a lição do cativeiro, não mais voltasse a furtar melancias, quebrando-as com os dentes como se fossem delicadas nozes. Era reincidente, porém. [...] Segundo o calendário-Wostruph, os furtos atingiram a soma astronômica de 6.600.666.000.660.600.010.001.216. ("Alçapão para Gigantes", em *Alçapão para Gigantes*).

Sabe-se que a literatura *nonsense*, originalmente dedicada às crianças, consagrou-se como gênero literário no século XIX, na Inglaterra vitoriana, a partir da publicação da obras do desenhista, pintor e escritor Edward Lear. O próprio termo *nonsense*, no seu contexto literário, foi tomado de empréstimo do título do primeiro livro de poemas de Lear, *A book of nonsense* (*Um livro de nonsense*), de 1846. Temos de considerar também as obras do professor de matemática de Oxford, Lewis Carroll (pseudônimo de Charles Lutwidge Dodgson), autor de *Alice no país das maravilhas* (1865) e *Através do espelho* (1871).

Na opinião de Myriam Ávila, estudiosa brasileira do gênero, a obra *nonsense* de Carroll e Lear parece ser, no entanto, apenas "aparentemente dirigida às crianças"; por trás dela, acrescenta a estudiosa, o que o leitor encontra é uma reflexão sobre a "literatura como linguagem permanentemente em crise", apontando "para a crença de que já não é possível fazer literatura a sério, senão apenas traçar garatujas a título de entretenimento".[2] O mesmo se pode dizer do *nonsense* de Péricles Prade, cuja linguagem põe muitas vezes em xeque a pretensa comunicabilidade da literatura.

O *nonsense* é um jogo entre a presença e a ausência de significado, restando no final apenas a perplexidade do leitor.[3] Essa perplexidade parece muito apropriada para definir também aquilo que o conto do autor catarinense provoca no leitor contemporâneo.

Convido o meu leitor a degustar mais duas breves cenas de um conto *nonsense* de Prade, neste caso, "O touro e o rio" (*Alçapão para gigantes*):

> — Quando a barriga cresceu, parte dela caiu sobre os trilhos de Marjaina: o trem não pôde ser detido, tendo falecido dezoito famílias de imigrantes japoneses.
> — Uma lavadeira, que servia na fazenda dos Berthaso, precipitou-se na cisterna quando retirava água, sofrendo a queda em virtude do deslocamento do ar, quando o touro ensaiava um passo [...].

Pode-se concluir, então, que o *nonsense* é um "entrave" para o discurso. Ele nos faz perder tempo, nos passa uma rasteira e desordena as coisas, como afirmam os estudiosos.[4]

Apesar de todos esses "entraves", que aparentemente detêm o leitor de textos *nonsense*, é Cecília Meireles quem afirma que há que se confiar na visão poética das crianças.[5]

O certo é que, diante de um texto *nonsense*, como, entre outros, os contos de Péricles Prade, o leitor adulto não sabe exatamente o que pensar. Como diria Elsie Leach, "ele percebe que é um trabalho de imaginação original, com significado tanto para adultos como para crianças".[6]

---

[2] AVILA, Myriam. "E. Lear, L. Carroll e as figurações do autor". In: SÜSSEKIND, Flora; DIAS, Tânia (orgs.). *Historiografia literária e as técnicas de escrita: do manuscrito ao hipertexto*. Rio de Janeiro: Casa de Rui Barbosa/Vieira & Lent, 2004, p. 144.
[3] TIGGES, Wim. *An anatomy of literary nonsense*. Amsterdam: Rodopi, 1988, p. 52.
[4] STEWART, Susan. *Nonsense*. Baltimore: John Hopkins University Press, 1989, p. 5.
[5] MEIRELES, op. cit., p. 113.
[6] Phillips, Robert (org.). *Aspects of Alice*. Londres: Penguin, 1971, p. 121.

Além disso, vale lembrar que o *nonsense* em geral transporta os leitores a um mundo "potencialmente estranho", onde o "excesso de imaginação" permite inventar nomes geográficos e, sobretudo, criar personagens curiosos. Acima de tudo, porém, o *nonsense* constrói um mundo onde todos podem se sentir seguros e/ou incluídos, como dizia Edward Lear. Pois esse mundo é simultaneamente estranho e acolhedor; daí a sua grande sedução. Tudo isso, acredito, encontramos nos mencionados livros de Péricles Prade:

> Tudo é admitido pela excêntrica família, inclusive tomar banho, todas as quintas-feiras, no belíssimo chafariz da praça [...]. Além de andarem de muletas, muito embora saudáveis e perfeitos, os meninos possuíam um tatuzinho loiro.
> — A loirice do tatu é o de menos, diz Mr. Jones, o patriarca.
> — O perturbador é a catarata cor de abóbora, crescida nos olhos do animalzinho. ("A Maravilhosa História de um Tatu", em *Os milagres do cão Jerônimo*)

Cecília Meireles já dizia que os leitores híbridos (adultos crianças e crianças adultas) de textos *nonsense* (aqui a escritora falava de Carroll) se sentem atraídos pelo "absurdo" justamente porque

> nesse reino obscuro palpita uma claridade secreta: aquele radioso mistério que a criatura humana, desde o nascimento, pressente consigo, e conserva num zeloso silêncio. Depois é que a vida embrutece. Depois é que o mundo, as circunstâncias, as transigências tiram a alguns essa presciência que, na verdade, parece platônica recordação de sabedoria.[7]

Não poderia deixar de destacar, finalmente, a atmosfera onírica dos contos de Prade, atmosfera que, por vezes, ultrapassa os pesadelos narrados por Carroll e alcança um *pathos* que, de certa maneira, dá nova densidade ao *nonsense*, que ganha assim contornos kafkianos.

[7] MEIRELES, op. cit., p. 113-114.

No conto "O unicórnio voador" (*Alçapão para gigantes*), por exemplo, o personagem (tal como ocorre com o protagonista de "Um cruzamento", de Franz Kafka) tem sua vida invadida por um estranho animal e, sem saber que destino lhe dar, mantém esse animal consigo "numa jaula de vidro, uma espécie de estufa apropriada ao seu desenvolvimento". O temor do personagem era morrer antes dele, ficando tudo sem explicação.

Quem ousará dizer que as crianças não se interessarão por esse universo estranho, sedutor e às vezes até mesmo trágico?

CINCO CONTOS ABSURDOS DE EUGÈNE IONESCO PARA CRIANÇAS

Eugène Ionesco nasceu em Slatina, Romênia, em 26 de novembro de 1909, mas dizia que era de 1912, pois queria ser mais novo. Morreu em 1994, em Paris, cidade onde viveu praticamente a vida inteira.

Em 1950, sua primeira peça, escrita em francês, *A cantora careca*, foi encenada profissionalmente. Com ela, Ionesco ajudou a inaugurar, ao lado de outros dramaturgos da época, o chamado "Teatro do Absurdo". Absurdo, sim, sobretudo porque os diálogos entre os personagens não parecem ter sentido. Mas, como dizia Ionesco, o que conversamos no nosso dia a dia também em geral não faz muito sentido. Quantas vezes perguntamos o óbvio, dizemos o óbvio e nada mais do que isso? Quantas vezes nos repetimos sem parar?

Segundo o estudioso Martin Esslin, *A cantora careca* "[...] é um ataque contra o que Ionesco chamou de pequena burguesia universal [...], a personificação da ideia preconcebida e dos adágios, o conformismo ubíquo".[1] Portanto, na opinião de Esslin, em *A cantora careca*, Ionesco refletiria sobre (e lamentaria) "o nivelamento da individualidade, a aceitação dos rótulos pelas massas, as ideias compradas prontas, que transformam progressivamente nossas sociedades de massa em coleções de autômatos de controle centralizado".[2]

Em *Journal en miettes*, uma coletânea de reflexões sobre os mais variados temas, Ionesco afirmou: "escrevi todo um teatro, toda uma literatura para mostrar aquilo que

---

[1] ESSLIN, Martin. *O teatro do absurdo*. Rio de Janeiro: Zahar, 1968, p. 128.
[2] Ibidem, p. 128.

ninguém ignora e para confirmar para mim mesmo aquilo que eu sempre soube; o universo insólito, a banalidade cotidiana [...] etc.".[3]

Em 1969, quando já era conhecido internacionalmente, Ionesco escreveu seu primeiro conto para crianças: *Conto n. 1*. No ano seguinte, escreveu mais três contos: *Conto n. 2*, *Conto n. 3* e *Conto n. 4*. Seu quinto e último conto — o *Conto n. 5* — foi escrito somente em 1982, a pedido de um amigo, Paul Verdier, que acabara de adaptar seus contos para o teatro.

A protagonista de todos esses contos é a menina Josete, personagem inspirada em Marie-France, filha de Ionesco. Josete é uma menina curiosa, e seus pais, principalmente seu pai, estimulam a sua curiosidade. Num desses contos, o pai conta a seguinte história a Josete:

> E depois a gente sobe, sobe, sobe... E depois estamos nas nuvens, e depois a gente está em cima das nuvens. E depois o céu é ainda mais azul, ainda mais azul, e depois é só o céu azul, e depois a gente vê a Terra lá embaixo como uma bola de gude. E depois, eis que a gente chega na Lua. A gente passeia na Lua. A gente fica com fome. A gente come um pedaço da Lua.[4]

O cotidiano, nesses contos infantis, não é, como diria Maurice Blanchot, apenas o espaço da banalidade, explorado por Ionesco em seu teatro: é também o espaço da construção de sentido, o momento especulativo, o qual ainda não tem forma e espera que essa forma lhe seja dada.[5]

Josete e seu pai especulam sobre o sentido do mundo através da brincadeira. O pai de Josete conta histórias para ela, mas estas não são, porém, histórias comuns. Nas histórias do pai de Josete as palavras ganham vida, criam um mundo novo:

---

[3] IONESCO, Eugène. *Journal en miettes*. Paris: Gallimard, 1967, p. 27.
[4] No prelo, Editora Iluminuras.
[5] BLANCHOT, Maurice. *A conversa infinita 2*: a experiência limite. São Paulo: Escuta, 2007, p. 237.

E papai ensina a Josete o sentido exato das palavras. A cadeira é uma janela. A janela é uma caneta-tinteiro. O travesseiro é um pão. Já o pão, esse é um carpete. Os pés são orelhas. Os braços são pés. A cabeça é o traseiro. O traseiro é a cabeça. Os olhos são dedos. Os dedos são olhos.[6]

No primeiro conto, o pai de Josete conta para a filha a história de uma família curiosa, cujos membros tinham todos o mesmo nome: Jaqueline. Esse recurso, o de dar a muitas pessoas o mesmo nome, Ionesco já havia usado com sucesso na sua peça *A cantora careca*. Nela, conhecemos o Sr. e a Sra. Bobby Watson, seus filhos Bobby Watson e todos os outros Bobby Watson da Inglaterra. No conto em questão, lemos:

— Sim, diz papai, mas não é a Jaqueline. Jaqueline era uma menina. Ela tinha uma mãe que se chamava dona Jaqueline. O pai da pequena Jaqueline se chamava Sr. Jaqueline. A pequena Jaqueline tinha duas irmãs que se chamavam Jaqueline e dois primos que se chamavam Jaqueline e uma tia e um tio que se chamavam Jaqueline.

O tio e a tia, que se chamavam Jaqueline, tinham dois amigos que se chamavam Sr. Jaqueline e Sra. Jaqueline, os quais tinham uma menina que se chamava Jaqueline e um menino que se chamava Jaqueline, e a menina tinha bonecas, três bonecas, que se chamavam: Jaqueline, Jaqueline e Jaqueline.[7]

No segundo conto, são as coisas que ganham nomes novos: o tapete passa a ser chamado de lâmpada, o teto passa a ser chamado de chão, e assim por diante. Josete entra no jogo de seu pai e se diverte colocando seu mundo de pernas para o ar com essas novas denominações.

No conto seguinte, o de número 3, Josete e seu pai fazem uma longa viagem até o Sol, mas sem sair da cama.

---

[6] IONESCO, Eugène. *Contos de Ionesco para crianças*. São Paulo: Martins Fontes, 2008.
[7] IONESCO, op. cit.

No *Conto n. 4*, Josete e seu pai brincam de esconde-esconde, um esconde-esconde virtual, já que nada acontece de fato.

No quinto e último conto, Josete, agora uma "mocinha" de cinco anos (nas outras aventuras ela é um pouco menor), passeia pela cidade de Paris com seu pai. Eles falam sobre religião e arte. Josete ouve atentamente o que o pai tem a lhe dizer, mas parece que é ele quem aprende com a menina.

Se o dia a dia nas peças de Ionesco tem um aspecto em geral fastidioso, penoso e sórdido (é o amorfo, o estagnante), nos seus contos para crianças o cotidiano é algo de inesgotável e de irrecusável, e como é sempre inacabado, ele escapa às formas ou às estruturas, em particular as da sociedade pequeno-burguesa.[8]

---

[8] BLANCHOT, op. cit., p. 237.

SENHOR LAMBERT E O COTIDIANO

Senhor Lambert (1965), um dos livros mais conhecidos do cartunista francês Jean-Jacques Sempé, criador de um personagem inesquecível, o Pequeno Nicolau, foi publicado em 2012 pela Cosac Naify na sua Coleção Infantojuvenil, numa tradução de Mario Sergio Conti.

O enredo, que mistura diálogos e ilustrações (são inseparáveis, pois cada página do livro é para ler e olhar), se passa num restaurante parisiense, *Chez Picard*, onde os clientes jogam conversa fora durante as refeições. Os clientes se dividem em dois grupos: um que discute política, e outro, futebol; e ambos fazem comentários sobre o menu ("O *camembert* está bom, Lucienne?"). Dia após dia, os temas se repetem repletos de clichês ("o futebol se joga com ONZE! Na Suécia, em 1957, a França chegou em 3º porque jogou um futebol unido").

Um único fato altera essa atmosfera engessada: um dos clientes do restaurante, o Sr. Lambert, começa a chegar fora de seu horário habitual e os companheiros confabulam sobre o porquê dessa mudança. Descobrem que o Sr. Lambert está apaixonado por uma desconhecida. Imediatamente, outro assunto é introduzido à roda: mulheres. As platitudes em torno do tema continuam: "[...] com mulheres, você sabe, é preciso tato... muito tato...".

Sempé não está preocupado em contar uma história para transmitir uma lição de moral, mas pretende, isto sim, retratar, com muito humor, o cotidiano e o comportamento mecanizado dos seres humanos, e o "vai e vem de palavras solitárias", como diria num outro contexto o escritor francês Maurice Blanchot.

Senhor Lambert faz uma crítica ao mundo pequeno-burguês, aprisionado num cotidiano enfadonho, num absurdo existencial, que seria absolutamente terrível se não fosse ao mesmo tempo cômico, pois expõe o ridículo das convenções sociais, como se percebe nas falas dos personagens: "Querem saber de uma coisa? A esses caras, digo bom dia e estamos conversados...".

Como não lembrar aqui do "Teatro do Absurdo", que floresceu na França no início dos anos 1950, quando justamente Sempé começou a produzir mais regularmente? Parece-me que o cartunista francês bebeu dessas águas que, como afirma Martin Esslin, procuram expressar a falta de sentido da condição humana em imagens concretas.

Os personagens do livro não lamentam sua condição; ao contrário, aceitam com naturalidade as ideias compradas prontas ("Jamais os verdadeiros socialistas, e sublinho: os verdadeiros, aceitarão conciliar com a direita!"; "No futebol, é o resultado que conta"; "Ela é chique. Sóbria, mas chique. Essa é a verdadeira elegância: a sobriedade") enquanto aguardam que novos imprevistos, sempre encarnados na figura do Sr. Lambert, rompam com o seu cotidiano.

Poderíamos, parece-me, comparar o Sr. Lambert a dois personagens centrais do "Teatro do Absurdo": Godot, de *Esperando Godot* (1952), de Samuel Beckett, e o bombeiro, personagem de *A cantora careca* (1950), de Eugène Ionesco. Os clientes de *Chez Picard* depositam na figura de Lambert a mesma esperança que os personagens de Beckett e Ionesco depositam respectivamente em Godot e no bombeiro: a de que eles possam provocar alguma mudança em suas vidas sem sentido.

O SIMPÁTICO *SENHOR VALÉRY*

Em 2002, o escritor angolano Gonçalo M. Tavares publicou *O senhor Valéry* (Casa da Palavra), título que alude ao poeta francês Paul Valéry, um dos grandes nomes da literatura do século XX. Esse é o primeiro livro da coleção "O Bairro", que inclui vários outros "habitantes", todos celebridades das letras, como *O senhor Brecht*, em homenagem ao dramaturgo Bertold Brecht, e *O senhor Calvino*, calcado no escritor Italo Calvino. Os livros citados são todos de autoria do próprio Tavares.

Num estudo sobre o conceito de bairro, Pierre Mayol afirma que "um indivíduo que nasce ou se instala em um bairro é obrigado a levar em conta o seu meio social, inserir-se nele para aí poder viver".[1] Esse, no entanto, não é o caso do senhor Valéry, um personagem simpático que vive no seu próprio mundo e segue regras bastante peculiares, como lemos no seguinte fragmento:

> O senhor Valéry andava pela rua com um sapato preto no pé direito e um sapato branco no pé esquerdo.
> Um dia disseram-lhe:
> — Trocou os sapatos.
> E riram-se.
> O senhor Valéry olhou, então, para os pés, e batendo na cabeça exclamou:
> — Que disparate!
> Voltou a casa, trocou de sapatos, e regressou à rua, mais tarde, com um sapato preto no pé esquerdo e um sapato branco no pé direito. (*O senhor Valéry*).

---

[1] DE CERTEAU, Michel; GIARD, Luce; MAYOL, Pierre. *A invenção do cotidiano*. Petrópolis: Vozes, 2005, p. 47.

Dando prosseguimento à sua discussão sobre o bairro, Mayol adverte que, para usufruir e gozar do estoque relacional do bairro,

> não convém "dar muito na vista". Todo desvio explícito, particularmente no vestuário, significa atentar contra a integridade simbólica; esta vai repercutir imediatamente no nível da linguagem em apreciação de ordem ética sobre a 'qualidade' moral do usuário.[2]

Os desvios do senhor Valéry, e não só no que diz respeito ao vestuário, são demasiadamente explícitos; daí a graça do personagem, afinal. Mas como ele poderia viver em conformidade com regras que ele não compreende? Diante dessa dificuldade, os atos do senhor Valéry dão origem a um relacionamento estranho com seus vizinhos. Muitas vezes, ele é considerado "malcriado" por não conseguir, por exemplo, levantar o chapéu para as damas, pois o enterrava com tanta força na cabeça que tirá-lo tomava-lhe muito tempo:

> como não podiam esperar pelo fim da ação do senhor Valéry, que certas vezes durava longos minutos, as senhoras afastavam-se antes de assistir ao desenlace da situação. O senhor Valéry passava, assim, certas vezes, por malcriado, o que era injusto. (*O senhor Valéry*).

Em *A personagem de ficção*, de Antonio Candido, lemos que o escritor de ficção quer estabelecer algo mais coeso, menos variável, que é a lógica do personagem.[3] Nesse caso, porém, o que sobressai aos olhos dos moradores do bairro é a não lógica do senhor Valéry.

Assim, na ficção realista, mesmo que possamos variar relativamente a nossa interpretação do personagem, "o escritor lhe deu, desde logo, uma linha de coerência fixada

---

[2] DE CERTEAU; GIARD; MAYOL, op. cit., p. 50.
[3] CANDIDO; ROSENFELD; PRADO; GOMES. *A personagem de ficção*. São Paulo: Perspectiva, 1974, p. 58.

para sempre".[4] Em *O senhor Valéry*, o personagem não é necessariamente inconsequente ou desarticulado, pois ele segue uma linha fixa de pensamento que nos permite descrevê-lo como ingênuo, maluco, exótico:

> O senhor Valery tinha certeza de ser perseguido.
> — Anda algo atrás de mim — repetia.
> Mas tinha também a certeza de perseguir.
> — Ando atrás de algo. (*O senhor Valéry*)

O fato é que mesmo estando em conflito com o seu "bairro", o senhor Valéry é um personagem íntegro à sua maneira e, sobretudo, cativante, engraçado, pois preserva uma essência infantil, a qual não carrega nenhuma máscara para sair-se bem no seu papel social.[5] É essa "autenticidade" própria das crianças que torna o senhor Valéry um personagem saboroso e encantador.

---

[4] Ibidem, pp. 58-9.
[5] DE CERTEAU; GIARD; MAYOL, op. cit., p. 48.

SELMA: TEXTO E ILUSTRAÇÃO

Selma (Cosac Naify, 2007, tradução de Marcus Mazzari), obra da ilustradora e escritora alemã Jutta Bauer, é um livro infantojuvenil que não corre o risco de "assustar" pais e professores, pelo fato de, num primeiro contato, revelar-se simples, fácil, aconselhável a qualquer criança.

No caso específico de *Selma*, esse texto simples ainda tem o atrativo de falar a respeito da felicidade, conceito que é ilustrado pela vida de Selma, uma ovelhinha que descobre a felicidade nas coisas do cotidiano, como comer, conversar, praticar esporte, etc. Por isso, quando questionada sobre o que faria se tivesse mais tempo, ou mais dinheiro, Selma repete que faria as mesmas coisas, porém com "mais intensidade".

Apesar dessa primeira impressão que torna o livro imediatamente atraente e recomendável, *Selma* não é tão simples assim. Sua complexidade (e seu alcance estético) provém do diálogo entre texto e ilustração, o qual se converte num "canto paralelo", característica, parece-me, própria de obras de desenhistas escritores, como, por exemplo, Edward Lear e, contemporaneamente, Jutta Bauer.

Em comum, tanto os desenhos de Lear quanto os de Bauer andam muitas vezes em dissonância com o texto, extrapolam a escrita e, no caso dos desenhos da escritora e desenhista alemã, eles são mais elaborados que a narrativa extremamente simples e repetitiva. Por isso, as ilustrações de *Selma* trazem para o texto recursos retóricos e sugestões de sentido ausentes das palavras propriamente ditas.

Segundo o enredo do livro, uma atividade constante na vida de Selma é a prática de esporte. Lê-se essa informação, mas o desenho mostra um grupo de ovelhas correndo ofegantes e um focinho de lobo atrás delas. Conclui-se, então, que o chamado "esporte" nada mais é do que um eufemismo de "corrida pela sobrevivência", a qual, encarada de forma otimista, pode ser vista como um *hobby*.

Sobreviver, certamente, é uma luta contínua, razão pela qual, com mais tempo e dinheiro, Selma continuaria praticando o seu "esporte" favorito, mas talvez se permitisse o luxo de dar umas cambalhotas diante do lobo. Com mais dinheiro, em suma, a ovelhinha continuaria a ser uma "desportista", mas, agora, com a sobrevivência quase garantida, passaria facilmente por cima de certos obstáculos, encarnados na imagem metafórica do lobo. Isso é mostrado no livro, literalmente.

Outra figura importante na trama é dona Maria, com quem Selma gosta de "papear". A ilustração nos mostra que dona Maria é um abutre, animal pouco amigável que estaria, em tese, à espera do ataque do lobo, para poder comer depois os restos de Selma. Dona Maria, cujo nome nos soa tão familiar e pacífico, poderia representar a morte, o nosso destino certo.

É nesse ambiente "hostil", entre o lobo e o abutre, que Selma busca a sua felicidade, que se completa com os cordeirinhos à sua volta, uma bela refeição de grama e uma boa noite de sono.

Segundo Foucault "pintar não é afirmar"; é, antes disso, a possibilidade de deixar as similitudes se multiplicarem a partir delas próprias.

Não poderia deixar de destacar, ainda, que *Selma* possui uma boa dose de humor, que provém principalmente da criativa relação entre texto e ilustração, o que, mais uma vez, demonstra como ambos estão interligados e se tocam, porém sem repetição mecânica, tautológica.

Henri Bergson, no estudo *Le rire, essai sur la signification du comique* (*O riso, ensaio sobre o significado do cômico*), aponta algumas características e situações do cômico que convém lembrar. Para esse filósofo, o humor é um elemento essencialmente humano, mas que existe também nas parábolas com animais da narrativa de Jutta Bauer.

Dentre as várias situações cômicas, Bergson opina que as mais "importantes" e "comuns" são aquelas nas quais existem: 1. repetição: "não se trata [...] de uma palavra ou de uma frase que um personagem repete, mas de uma situação, quer dizer, de uma combinação de circunstâncias, que volta tal e qual várias vezes, cortando assim o curso variável da vida";[1] 2. inversão: "imagine certas personagens numa dada situação: você obterá uma cena cômica se fizer com que a situação retorne e os papéis se invertam";[2] 3. interferência: "uma situação é sempre cômica quando ela pertence ao mesmo tempo a duas séries de acontecimentos totalmente independentes e quando pode ser compreendida de uma só vez de dois modos diferentes".[3] Nessas três situações citadas, o que de fato ocorre, segundo Bergson, é a presença constante de um mesmo objeto: dá-se "aquilo que chamamos de uma mecanização da vida".[4]

---

[1] BERGSON, Henri. *Oeuvres*. Paris: Presses Universitaires de France, 1991, p. 429.
[2] Ibidem, p. 431.
[3] Ibidem, p. 433.
[4] Ibidem, p. 435.

Em *Selma*, o que se tem é a repetição dos mesmos fatos, já mencionados anteriormente, frustrando, desse modo, a expectativa do leitor de encontrar um curso natural e variável da vida, como já apontava Bergson: "Era uma vez uma ovelha que toda manhã, ao nascer do sol, comia um pouco de grama, até o meio-dia, ensinava as crianças a falar, praticava um pouco de esporte à tarde [...]" (*Selma*). Ora, é isso que o leitor encontrará — com alguns poucos acréscimos — até o final da história.

No que se refere à inversão de situações, vemos, numa primeira ilustração, o lobo correr atrás das ovelhas assustadas; no entanto, no final da narrativa, são as ovelhinhas que saltam por cima do lobo completamente apavorado e exausto.

Por fim, em *Selma*, a interferência (outra situação do cômico a que se refere Bergson) está na relação direta entre o texto e a ilustração: o texto, por exemplo, informa o leitor de que Selma pratica esporte; a ilustração, no entanto, como já comentei, mostra que o que ela faz é, na realidade, fugir do predador.

Outro teórico moderno que dedicou ao cômico pelo menos um livro, *Comicidade e riso*, publicado postumamente, foi o russo Vladímir Propp.

Propp inicia seu estudo examinando tudo aquilo que não pode ser objeto de riso e, ao fazê-lo, dialoga com Bergson e aceita em parte a sua ideia de que o cômico é uma experiência eminentemente humana, pois, de um modo geral, "não existem florestas, campos, montanhas, mares ou flores, ervas, gramíneas etc. que sejam ridículos".[5] Propp acrescenta, todavia, que "se arrancarmos um rábano e ele repentinamente nos lembrar com seu perfil um rosto humano, surge então a possibilidade de rir".[6]

---

[5] PROPP, Vladímir. *Comicidade e riso*. São Paulo: Ática, 1992, p. 37.
[6] Ibidem, p. 37.

Assim como a natureza pode vir a se tornar cômica, na opinião de Propp, também os animais podem ser ridículos. O estudioso explica que, por serem parecidos com os seres humanos, rimos deles porque lembram os homens e seus movimentos.

Nas ilustrações de Jutta Bauer, os bichos têm expressões e movimentos humanos. É cômico, por exemplo, o olhar ingênuo e simplório de Selma quando é entrevistada por uma emissora de rádio e outra de televisão, ou a expressão atônita do lobo diante da "revanche" das ovelhas.

Segundo Propp, outro aspecto do cômico, aliás, importantíssimo, e que está também presente em *Selma*, é a "ironia"; e essa última se relaciona de certa forma ao paradoxo: "se no paradoxo conceitos que se excluem mutuamente são reunidos apesar de sua incompatibilidade, na ironia expressa-se com as palavras um conceito mas se subentende (sem expressá-lo por palavras) um outro, contrário",[7] como chamar o ato desesperado de fugir do lobo de esporte, ou até mesmo denominar um abutre agourento de dona Maria, nome que exprime certa familiaridade e confiança.

Selma é, de fato, um livro que visa proporcionar aos leitores iniciantes uma leitura direta e dinâmica, leitura essa que, graças ao confronto com as ilustrações, se enriquece de novos valores retóricos e conceituais capazes de agradar também ao adulto.

---

[7] Ibidem, p. 125.

VINGANÇA EM VENEZA:
BOCCACCIO PARA O PÚBLICO
ADULTO E INFANTIL

"Frate Alberto", ensaio do filólogo e crítico alemão Erich Auerbach, que integra o livro *Mimesis*, discute aspectos do *Decameron* (*Decamerão*, em português), criação máxima do escritor italiano Giovanni Boccaccio (1313-
-1375), centrando-se, principalmente, numa famosa novela, mais exatamente a segunda novela da quarta jornada (a obra compõe-se de cem novelas narradas por sete mulheres e três homens jovens, ao longo de dez jornadas), a qual, de acordo com o resumo feito por Auerbach,

> conta acerca de um homem de Imola, cuja vida desonesta e devassa o tornaria indesejável na sua terra natal; preferiu, por isso, abandoná-la. Dirigiu-se a Veneza; lá tornou-se monge franciscano, e até sacerdote; passou-se a chamar Frate Alberto e conseguiu, mediante penitências impressionantes, gestos e sermões pios, atrair de tal forma a atenção que era tido por homem grato a Deus e digno de confiança. Ora, um dia ele diz a uma penitente, mulher especialmente tola e presunçosa, cujo marido, comerciante, estava ausente da cidade, que o anjo Gabriel estaria apaixonado pela sua beleza e desejaria visitá-la à noite; ele próprio a visitava como anjo Gabriel, divertindo-se com ela...[1]

Boccaccio, ao narrar a aventura de Frei Alberto, revela, segundo Auerbach, não só os recursos estilísticos mais característicos do livro, como, por exemplo, a relação entre o enredo e a musicalidade das frases, mas também a ideologia das suas narrativas, a qual se opõe frontalmente à ética cristã medieval ao defender uma doutrina erótica e

---
[1] AUERBACH, Erich. *Mimesis.* São Paulo: Perspectiva, 2002, p. 177.

natural. No texto, essa ideologia é "certamente apresentada, quase sempre em tom muito leve, mas muito segura de si mesma".[2]

É preciso destacar, no entanto, que, no livro de Boccaccio, a doutrina erótica vem acompanhada de "uma determinada moral ética, baseada no direito ao amor", prática essencialmente terrena e anticristã. Frei Alberto exemplifica, de forma bastante contundente, esse preceito, uma vez que, por ter sido um "hipócrita e de não ter obtido o amor de Lisetta honestamente, mas tê-lo ganho perfidamente",[3] fazendo-se passar por anjo, gozou de pouca simpatia de Boccaccio, a ponto de ter merecido um final infeliz.

Pode-se dizer que o leitor encontrará no *Decameron* uma mistura de vulgaridade com malícia, própria do escritor, e uma riqueza de tonalidades e de perspectivas, que certamente Boccaccio deve, segundo os críticos, a seu compatriota Dante Alighieri.

Por todas as características relacionadas acima, a história do Frei Alberto parece, à primeira vista, distante do universo infantojuvenil. No entanto, a mencionada novela de Boccaccio, sob o título *Vingança em Veneza* (32 páginas), foi incluída na coleção "Dedinho de Prosa", da Editora Cosac Naify (2005), dedicada às crianças.

Numa bela tradução de Nilson Moulin, que parece respeitar a melodia do texto, tão importante na obra de Boccaccio, as aventuras de Frate Alberto chegam na íntegra às crianças brasileiras, sem cortes ou qualquer tipo de adaptação que procurasse amenizar ou encobrir passagens com conotações sexuais, tão características do *Decameron*, conforme se pode observar no exemplo seguinte:

> Esta, ao ver figura tão branca, caiu de joelhos. Depois de abençoá-la, o anjo colocou-a de pé, e fez-lhe sinal que fosse

[2] AUERBACH, op. cit., p. 196.
[3] Ibidem, p. 197.

para cama. Ansiosa por obedecer, ela o fez prontamente, e o anjo deitou com sua devota. Frei Alberto era bem feito de corpo, robusto e suas pernas combinavam com a pessoa. Por isso, achando-se com dona Lisetta, que era suave e macia, e em posições diferentes do marido, muitas vezes voou sem asas nessa noite. (*Vingança em Veneza*).

É óbvio que nenhum pai ou pedagogo deveria ter escrúpulos em apresentar essa engraçada aventura do velhaco Frei Alberto às crianças. Se levarmos em consideração a teoria do crítico francês Roland Barthes, é nossa obrigação como leitores aceitar o fato de que até mesmo a narrativa mais clássica traz em si uma espécie de tmese (corte na leitura do texto) enfraquecida, ou seja, não lemos tudo com a mesma intensidade de leitura, um ritmo se estabelece e a própria avidez do conhecimento nos leva a sobrevoar ou passar por cima de certas passagens.

Decerto, entre outros atrativos, o que mais chamará a atenção das crianças em *Vingança em Veneza* será, antes de tudo, as malandragens do falso frei, a ingenuidade de Lisetta e o tom de fofoca e de aventura da narrativa:

> Aconteceu que o disse-me-disse chegou até Frei Alberto. Certa noite, ele foi repreender a mulher. Ao acabar de se despir, os cunhados, que o tinham visto chegar, foram abrir a porta do quarto. Frei Alberto, percebendo o que se passava, e sem alternativa, abriu uma janela e atirou-se nas águas do Canal Grande. (*Vingança em Veneza*)

Cada leitor construirá o seu "texto" a partir das informações e dos interesses que tiver no momento. Para o público infantil, assim, as questões eróticas do *Decameron* não serão necessariamente as mais contundentes; elas ficarão muito provavelmente para o futuro, sem que, com isso, o leitor mirim deixe de usufruir a riqueza literária da narrativa de Boccaccio.

Vingança em Veneza é o tipo de texto que, como grande obra de arte, envolve o leitor por muitos lados e atrai igualmente crianças e adultos, pois todos serão capazes de compreender o seu significado em diferentes dimensões segundo suas próprias expectativas.

Concluo, então, citando Cecília Meireles, que tinha uma visão muito lúcida da literatura infantojuvenil. Para essa poeta e ensaísta, a literatura infantojuvenil não se reduz a uma simples questão de estilo, como "se o mundo secreto da infância fosse, na verdade, tão fácil, tão simples [...]".[4]

Por isso, diagnosticou Cecília Meireles: "pode até acontecer que a criança, entre um livro escrito especialmente para ela e outro que não o foi, venha a preferir o segundo. Tudo é misterioso, nesse reino que o homem começa a desconhecer desde que o começa abandonar".[5]

Estou convencida de que *Vingança em Veneza*, ao permitir um contato precoce com uma parte essencial da obra máxima de Boccaccio, estimulará no futuro novas leituras de *Decameron* entre os jovens brasileiros.

---

[4] MEIRELES, op. cit., p. 29.
[5] Ibidem, p. 30.

SOU EU! E *O NERVO DA NOITE*: JOÃO GILBERTO NOLL, UM COMEÇO PRECIOSO

Em 2009, a Editora Scipione lançou no mercado dois títulos infantojuvenis que chamaram a atenção: *Sou eu!* e *O nervo da noite*, ambos do escritor gaúcho João Gilberto Noll, que até então nunca havia tentado escrever para esse público específico, uma vez que toda a sua obra está vazada numa escrita hermética que parece atrair apenas o leitor adulto. O que é interessante, no entanto, é que ambos os livros, embora destinados ao leitor iniciante, não diferem essencialmente dos outros textos que Noll escreveu para o seu público habitual. Neles, o leitor encontrará a mesma narrativa lenta e circular, os mesmos personagens sem identidade definida de outros textos do escritor, como, por exemplo, *Hotel Atlântico*, *Harmada* e *Canoas e marolas*, todos para o público adulto.

Num primeiro momento, pode-se pensar, portanto, que esses dois textos foram levados para a prateleira "infantojuvenil" em razão apenas de sua brevidade, uma vez que cada um não ultrapassa 43 páginas, sem desconsiderar o tema, que é o fim da infância e o difícil começo da puberdade:

> "Por isso agora ele estava ali, na frente do espelho. Passava o aparelho de barbear do pai pelos dois lados da face. E se sentia ainda incapaz para o novo rosto que lhe custaria a brotar". (*Sou eu!*)

> "Aquela noite lhe seria mestra, fazendo do garoto o homem que ele próprio sempre arquitetou no seu imaginário. A

navalha passando pela primeira barba selava sua nova condição de adulto". (*O nervo da noite*).

Apesar de falar do fim da infância, o enredo dos dois contos, como acontece, aliás, em toda a literatura de Noll, tem um papel secundário, já que o escritor não se propõe a contar uma história com começo, meio e fim, ou a oferecer ao leitor uma trama bem delineada. Ao contrário, seus livros infantojuvenis entram no universo onírico, em que os fatos se repetem e se contradizem. Em *O nervo da noite*, por exemplo, a história se fragmenta e termina de forma abrupta, como se o personagem tivesse sido acordado repentinamente de um pesadelo, "onde tudo parecia estar aquém de certos folguedos cultivados na infância", como relata o garoto narrador do conto.

Tal como sucede nos sonhos narrados por Kafka, também a imagem onírica de Noll exige uma linguagem poética, e essa linguagem é a verdadeira protagonista de seus textos. Para os leitores jovens, essas narrativas noturnas talvez não sejam nenhuma novidade, uma vez que muitos deles podem já ter lido livros oníricos como *Alice no país das maravilhas* e *Através do espelho*, duas aventuras "sonhadas" por Lewis Carroll e avidamente consumidas pelos leitores desde o século XIX, quando foram lançadas. Contudo, ao introduzir o jovem leitor brasileiro numa literatura contemporânea de feitio mais experimental, como a de João Gilberto Noll, a Editora Scipione não deixa de remar contra a maré. Não sem razão, Michel Laub, que assina o prefácio de *Sou eu!*, lembra que: "existe a crença de que a literatura para o público jovem, ou mesmo para adultos, deve ser 'fácil'. Ou seja, as histórias devem ser diretas, com início, meio e fim definidos, e os personagens devem aparecer claramente em suas virtudes e fraquezas".[1]

Em *O começo de um livro é precioso*, a escritora portuguesa

---

1 NOLL, João Gilberto. *Sou eu!* São Paulo: Scipione, 2009, p. 7.

Maria Gabriela Llansol lembra que, ao iniciarmos a leitura de um texto literário (não importa aqui a faixa etária do seu leitor), o que temos é a derrota, ou seja, "um vazio de cinza" no espaço. Ao reavaliar seu contato com os livros, Llansol recorda que "todos os começos diferentes e simultâneos eram areais". Apesar disso, o livro sempre aceitava "dar mais uns passos, renitente".[2]

O fato é que, embora difícil, "o começo de um livro é precioso" e, quando esse começo se prolonga, opina Llansol, "um livro seguinte se inicia. Basta que a *decisão da intimidade* se pronuncie. Vou chamar-lhe fio _____ linha, confiança, crédito, tecido".[3] E isso serve para qualquer literatura, não importa a idade do leitor, como tenho seguidamente frisado nos meus ensaios.

Portanto, a iniciação à literatura precisa confiar no, e dar crédito ao, vazio cinza de suas páginas, aceitando tanto quanto possível os areais movediços de sua escritura. Essa literatura não conhece faixa etária, já que todo bom livro tem dentro dele "tempestades" e, segundo Walter Benjamin, referindo-se a seus livros de criança, quem o abrir será levado "bem ao centro de uma delas":

> Cores borbulhantes e fugidias, mas que tendiam sempre para um tom violáceo que parecia provir das entranhas de um animal abatido. Indizíveis e graves, como esse violeta proscrito, eram os títulos, cada qual me soando mais estranho e mais familiar que o precedente. Antes, porém, que eu pudesse me garantir na posse de qualquer um deles, acordei sem nem mesmo em sonho ter tocado aqueles velhos livros infantis.[4]

A literatura para qualquer idade implica sempre uma resistência natural do leitor, resistência alimentada por sua linguagem, que espera ser "decifrada", mesmo quando se

---

[2] LLANSOL, Maria Gabriela. *O começo de um livro é precioso*. Lisboa: Assírio e Alvim, 2003, p. 43.
[3] Ibidem, 2003, p. 1.
[4] BENJAMIN, Walter. *Obras escolhidas II*. São Paulo: Brasiliense, 1995, p. 114.

sabe que nela se encerra uma pluralidade e um labirinto de imagens e de conceitos. Numa de suas reflexões sobre leitura, Llansol afirma, a propósito, que a "literatura queria abrir a porta mas não conseguia abri-la folgadamente. Opunha resistência às suas mãos que deslizavam".[5] Talvez repouse nesse jogo movediço, e não necessariamente na sua compreensão, o maior prazer que a literatura proporciona a seus leitores.

Os contos de Noll são um convite a esse jogo, o qual está aberto a leitores de todas as idades, uma vez que, cabe aqui relembrar, nosso "olhar verá apenas o que sabe", como ressalta a escritora portuguesa, não importa que idade tenhamos.

---

[5] LLANSOL, op. cit., p. 191.

OU ISTO OU AQUILO: CECÍLIA MEIRELES POR CECÍLIA MEIRELES

Através dos séculos, disse profeticamente Cecília Meireles, repercutirá a ideia da literatura infantil vinculada ao ensinamento útil "sob o adorno ameno".[1] Ela se referia aos livros que, ao ensinarem as primeiras letras, também dão instruções sobre como se "comportar" em sociedade, através de histórias com exemplos morais.[2]

Segundo Cecília Meireles, esses textos, que têm como objetivo o exercício da linguagem e o cumprimento de recomendações pedagógicas, não parecem dar vazão à imaginação: atrelados a esses mecanismos, dificilmente esses textos podem ser chamados de literatura,[3] conclui sem meias palavras a escritora.

Contudo, prossegue Cecília Meireles, na literatura infantil "haverá bem-aventurados que consigam, pela associação feliz de pequenas e poucas palavras, sugerir mundos de prazer espiritual e de alto exemplo que façam dessas modestas obras valiosos exemplos de Literatura Infantil".[4] Esse é o caso de *Ou isto ou aquilo* (Global), da própria Cecília Meireles, que, emancipado dos condicionamentos pedagógicos e morais, mostra na prática um exemplo de boa literatura para grandes e pequenos. Eis as duas estrofes iniciais do poema "A bailarina":

    Esta menina
    tão pequenina

---

[1] MEIRELES, Cecília, op. cit., p. 59.
[2] Ibidem, pp. 59-60.
[3] Ibidem, p. 26.
[4] Ibidem, p. 26.

quer ser bailarina.
Não conhece nem dó nem ré
mas sabe ficar na ponta do pé.

A preocupação da poeta Cecília Meireles não é, parece-me, determinar essa ou aquela qualidade essencial de toda boa bailarina. Seus versos são tecnicamente "pseudoproposições", uma vez que não faz o menor sentido determinar se o que comunicam é verdadeiro ou falso. Assim, ninguém poderá afirmar que a poesia de Cecília Meireles é ruim porque uma bailarina que se preze tem que entender de musicalidade.

Antonio Cícero, ao mencionar um famoso poema de Carlos Drummond, afirmou:

> Que pensaríamos de alguém que nos dissesse, por exemplo, que esse poema de Drummond é ruim porque, na verdade, não havia pedra nenhuma no caminho do poeta? Acharíamos que a pessoa era inepta ou insana; ou, pelo menos, acharíamos que ela não sabia o que é um poema.[5]

Antonio Cícero se vale de Nicolas Gómez Dávila para afirmar que comunicação e expressão não são fins, mas simples meios da obra de arte.[6] Nos poemas de *Ou isto ou aquilo*, pseudoproposições e expressões poéticas são os meios pelos quais Cecília Meireles nos faz ouvir sua música e nos permite adentrar em seu universo imagético.

Embora não seja imprescindível que um bom poema se baseie na musicalidade, espera-se, como afirma Ezra Pound, que, caso isso aconteça, tal música seja capaz de deleitar o "especialista".[7] A poesia de Cecília Meireles em geral cumpre esse requisito estético:

Com seu colar de coral,
Coralina

---

[5] CÍCERO, Antonio. *Poesia e filosofia*. Rio de Janeiro: Civilização Brasileira, 2012, p. 56.
[6] Ibidem, p. 58.
[7] POUND, Ezra. *A arte da poesia*. São Paulo: Cultrix, 1976, p. 12.

Corre por entre as colunas
Da colina.

Como se verifica, o livro *Ou isto ou aquilo* é muito musical, e uma leitura em voz alta destacará devidamente tanto a sua melodia quanto os vários jogos de palavras, como, por exemplo, os trava-línguas que ocorrem no poema "Na sacada da casa":

Na
sacada
a saca
da caçada.
Na sacada da casa.
E a casada
Na calçada.

Quando lemos esses e outros versos de Cecília Meireles, convém nos lembrarmos de Michel Butor, que afirmou que "a literatura é fundamentalmente algo de oral, algo que se ouve, que ler consiste em devolver às palavras sua sonoridade original, quer em voz alta, quer de um modo puramente interior [...]"[8]

---

[8] BUTOR, Michel. *Repertório*. São Paulo: Perspectiva, 1974, p. 231.

TUDO DE JOYCE PARA CRIANÇAS BRASILEIRAS

A ficção do escritor irlandês James Joyce chegou às crianças brasileiras por meio do seu conto infantil mais conhecido: *O gato e o diabo*, publicado pela Editora Record, na tradução de Antônio Houaiss; pela Cosac Naify, na tradução de Lygia Bojunga, e pela Iluminuras, na minha tradução. Um segundo conto de Joyce, inédito até recentemente, "Os gatos de Copenhague" (Iluminuras), já foi lançado, também com tradução minha. Finalmente, uma ousada adaptação infantil de *Finnegans wake* (1939), seu último e volumoso romance, saiu tempo atrás em português sob o título *Finnício Riovém* (Lamparina). Essa adaptação traz a assinatura de Donaldo Schüler, o próprio tradutor do romance de Joyce para o nosso idioma.

Quanto aos contos "O gato e o diabo" e "Os gatos de Copenhague", Joyce os escreveu para uma criança especificamente, o seu neto Stephen Joyce, que considerava o avô um grande contador de histórias infantis. Os dois contos foram enviados por carta ao seu neto, em 1936.

Pode-se afirmar, numa primeira abordagem, que o breve *O gato e o diabo* e as vastas obras de Joyce devotadas ao público adulto têm algo em comum. Nesse conto, Joyce lança mão da mescla de línguas (o narrador da história fala inglês, mas o diabo fala francês, com sotaque dublinense), além de recorrer a palavras inventadas e a alusões históricas e biográficas, retomando a questão política irlandesa por meio, por exemplo, da figura ingênua do diabo. O livro *Os gatos de Copenhague*, porém, é uma pequena crônica sobre a vida na capital dinamarquesa, escrita numa linguagem direta.

Quanto ao romance *Finnegans wake*, a última obra-prima de Joyce, embora parte de suas inovações linguísticas e dos seus recursos literários seja na verdade criação original do escritor inglês Lewis Carroll, autor de livros dedicados ao público infantil, certamente nenhuma criança sentir-se-á tentada a ler espontaneamente um romance com mais de seiscentas páginas, escrito numa linguagem intrincada que afasta até mesmo os leitores mais preparados e interessados em experimentos verbais dessa natureza. Portanto, *Finnegans wake* continuaria muito distante do público brasileiro jovem não fosse essa "tradução adaptada", expressão usada por Ferreira Gullar para se referir à sua adaptação de *Dom Quixote*, a qual, como afirma o poeta, "não pretende obviamente dispensar a leitura do texto original e, sim, pelo contrário, induzir o leitor a buscá-lo mais tarde, com tempo e disposição, para usufruir-lhe toda a riqueza de ideias [...]".[1]

No caso de *Finnício Riovém*, o enredo original teve de ser bastante "reelaborado" para que ele se tornasse finalmente acessível ao público-alvo, no caso, o infantil. Assim, o termo adaptação se torna aqui sinônimo tanto de simplificação quanto de tradução, na medida em que o objetivo do adaptador é conferir certa "legibilidade" a um texto bastante obscuro. Talvez convenha também falar em "recriação" do original, expressão cara a Haroldo de Campos, pois ela sugere a reinvenção de situações e de trocadilhos para atender à demanda de uma determinada faixa etária.

Na versão infantil de *Finnegans wake*, ambientada mais no Rio de Janeiro do que em Dublin (cidade onde transcorre o romance de Joyce), as 628 páginas da narrativa original estão concentradas em 127, divididas em 21 capítulos, todos acrescidos de títulos. Sabe-se que *Finnegans wake* se estende por 17 capítulos, os quais, por determinação do

---

[1] CERVANTES, Miguel de. *Dom Quixote de la Mancha*. Rio de Janeiro: Revan, 2002, p. 9.

autor, sempre foram publicados sem título ou identificação numérica.

Finnício Riovém recupera, no entanto, alguns dos mais importantes truques verbais de Carroll que Joyce reaproveitou, como, por exemplo, as palavras-valise (duas palavras empacotadas numa só, segundo o hermeneuta Humpty Dumpty, personagem de *Através do espelho*) e os já mencionados trocadilhos. Além disso, Donaldo Schüler mantém, até certo ponto, no seu livro, a mescla de línguas existentes no romance de Joyce. Em *Finnícios Riovém*, duas línguas, a portuguesa e a espanhola, são as mais evidentes, mas encontramos também o inglês, o francês, o italiano etc. Donaldo recria igualmente alguns dos mais famosos *soundsenses* (palavras formadas pela associação de inúmeras letras, cujo sentido é melhor apreendido numa leitura em voz alta) de *Finnegans wake*, como, por exemplo, o som do trovão, que dá início à narrativa joyciana.

Em *Finnício Riovém*, o tradutor adaptador também reutiliza fragmentos narrativos de sua tradução integral de *Finnegans wake*. Encontramos, assim, na leitura conjunta das duas obras — a tradução para adultos e a adaptação para crianças —, passagens que são comuns a ambas, além do reaproveitamento de um recurso muito utilizado por Donaldo na sua tradução para adultos: as palavras--cabide (como foram batizadas por mim e por Sérgio Medeiros, numa resenha da tradução de *Finnegans wake* que escrevemos em conjunto para a revista *Cult*), as quais, ao contrário das palavras-valise, são aquelas em que dois termos podem ser retirados de dentro de uma só palavra. Por exemplo: sol-e-nidade, macha dadas, Ex-gito etc.

Embora concebido para crianças, *Finnício Riovém* conserva certas passagens obscuras do romance de Joyce, além de citações e alusões históricas, literárias, filosóficas e mitológicas. O livro de Schüler preserva, aliás, os mitos mais evidentes de *Finnegans wake*, obra que é em si mesma um compêndio de mitos universais.

As fábulas tradicionais, recontadas por Joyce em todo o seu romance, também são recontadas na versão brasileira para crianças. Em *Finnegans wake*, todavia, o escritor irlandês subtrai a moral do texto. No seu romance, convém lembrar, a moral só existe na medida em que seu conceito possa ser discutido. Uma herança talvez da literatura *nonsense* de Carroll.

Segundo a estudiosa Elsie Leach, "os livros em inglês deveriam ser realistas, a fim de dar instruções essenciais sobre religião e/ou moralidade, para que a criança pudesse se tornar um adulto virtuoso e justo".[2] Carroll, todavia, questionou em suas narrativas o conceito de moral.

De fato, ao escrever a sua ficção, Carroll pôs em xeque esse e outros conceitos. Joyce procedeu do mesmo modo em *Finnegans wake*, sua versão adulta da literatura *nonsense* vitoriana. Donaldo, contudo, recupera e expõe um conteúdo moralista em quase todos os capítulos de *Finnício Riovém*, na forma de um preceito moral, como sucede nas fábulas de Esopo, por exemplo. De certo modo, ele remete seu Joyce ao passado clássico e o faz dialogar com os fabulistas gregos.

Sobre a versão infantil de *Finnegans wake*, caberia ainda dizer que, entre o romance de Joyce e o texto de Donaldo Schüler, muitas são as semelhanças e também as diferenças. Mas, como esclarece Xem, personagem da versão de Donaldo: "— Eu não disse que quero modelo para fazer igual. Quero modelo para fazer diferente". Mesmo assim, Donaldo evitou trair as intenções do autor (se é que se pode falar nelas hoje) e buscou preservar tanto quanto possível a essência dos diálogos e dos personagens.

---

[2] PHILLIPS, Robert (org.). *Aspects of Alice*. Harmondsworth: Penguin Books, 1971, p. 122.

AS AVENTURAS DO BARÃO DE MÜNCHAUSEN: FANFARRICES QUE SEDUZEM GERAÇÕES DE LEITORES[1]

Num ensaio intitulado "Aspectos da literatura infantil", Cecília Meireles aponta três "casos" de literatura para crianças: 1) a redação escrita das tradições orais, ou seja, do folclore, das fábulas; 2) os livros escritos para uma determinada criança, os quais, mais tarde, passaram a ser apreciados também por um número infinito delas: é o caso, por exemplo, de *Alice no país das maravilhas* (1865), que o escritor inglês Lewis Carroll escreveu para a menina Alice Lindell, após ter narrado a história, num passeio de barco, para ela e suas irmãs; 3) o terceiro caso englobaria livros que não foram escritos para crianças, mas que, por algum motivo, vieram a cair em suas mãos e elas os apreciaram.

Nesse terceiro caso se encaixa o livro *As aventuras do Barão de Münchausen*, cujas primeiras narrativas em forma de anedota foram publicadas entre os anos de 1781 e 1783, na revista *Vademecum für lustige Leute* (*Vademecum para pessoas divertidas*), em Berlim. Só mais tarde, Rudolph Erich Raspe reuniu em livro essas narrativas do Barão (ou dele próprio, já que, de acordo com parte da crítica, Raspe teria sido o verdadeiro autor desses textos), acrescentando ao conjunto outras mais recentes, também protagonizadas pelo mesmo personagem.

O fato é que *As aventuras do Barão de Münchausen*, como afirma Cecília Meireles, "começaram por ser uma sátira às fanfarronadas atribuídas a esse oficial, quando contava suas proezas na Rússia, por onde andara a combater os

---

[1] Este ensaio, numa versão ligeiramente diferente, foi publicado como prefácio do livro *As aventuras do Barão de Münchausen* (Iluminuras, 2010).

turcos".[2] Publicadas em livro, essas narrativas, classificadas como contos populares, foram vendidas nas ruas, como comumente se vendia outras da mesma categoria ou feitura literária. Em pouco tempo, porém, o livro alcançou um enorme sucesso, penetrou "nas bibliotecas infantis", circulou em todos os idiomas, em várias adaptações e, pergunta-se Cecília Meireles, afinal, "quem se lembra que o Barão existiu realmente? — Em dois séculos, sua figura passou da história ao mito, em pleno processo folclórico".[3]

Sabe-se, contudo, que Karl Friedrich Hyeronymos, o Barão de Münchausen, como era conhecido, realmente existiu. Nasceu em 11de maio de 1720, em Bodenwerder, na Alemanha. Foi pajem do Duque de Braunschweig e o acompanhou em uma viagem para a Rússia. Mais tarde, Münchausen foi promovido a tenente, serviu num regimento russo e, acredita-se, lutou em duas guerras turcas (1737-1739). Depois de 12 anos de serviço militar, aposentou-se. O Barão voltou para a sua terra natal, onde morreu em 22 de fevereiro de 1797, não sem antes, é claro, entreter seus amigos e convidados com suas caçadas extraordinárias (era, ou dizia ser, um exímio caçador) e suas aventuras fenomenais em terras estrangeiras. Numa de suas histórias, o Barão conta não só como seu cavalo foi divido ao meio, mas também como, tempos depois, encontrou intacta sua "outra metade realizando uma série dos mais hábeis saltos e cabriolas, e exibindo-se alegremente com os demais cavalos que ali pastavam". (*As aventuras do Barão de Münchausen*). Em Bodenwerder, em frente ao prédio da Prefeitura, essa aventura mirabolante ganhou eternidade num monumento onde se vê o Barão cavalgando seu meio cavalo.

Em 1785, o cientista e bibliotecário alemão Rudolf Erich Raspe (1737-1794), uma figura controversa, sempre

---
[2] MEIRELES, op. cit., p. 93.
[3] Idem, ibidem.

envolvida em confusões, mas um grande especialista em poesia inglesa clássica e autor de trabalhos científicos, publicou, anonimamente, na Inglaterra, onde passou a viver depois de ter sido eleito para a Royal Society, o livro *Baron Münchhausen's narrative of his marvellous travels* (*Narrativas do Barão de Münchhausen sobre as suas viagens maravilhosas*).

Alguns dos contos publicados na antologia organizada por Raspe foram baseados nas histórias que ele havia lido entre 1781 e 1783 na revista *Vademecum für lustige Leute*; outros contos, porém, acredita-se, foram criados pelo próprio Raspe, como já se falou, alguns deles, aliás, sob a influência de *As viagens de Gulliver*, conforme ele próprio acabou admitindo. Lemos num fragmento que relata uma ida do Barão à Lua:

> Um parente distante tinha uma teoria de que em algum lugar podia achar gente do mesmo tamanho daquela que Gulliver diz ter encontrado em Brobdingnag. Ele resolveu começar a procurá-la e convidou-me a acompanhá-lo. De minha parte, sempre considerei o relato de Gulliver como uma fábula e não acreditava em Brobdingnag mais do que acreditava em Eldorado [...]. (*As aventuras do Barão de Münchausen*).

A respeito da autoria do livro, John Carswell, em *The prospector* (uma biografia de Rudolph Erich Raspe), afirma categoricamente que ele foi o autor das famosas narrativas de Münchausen, pois teria sido também o autor das anedotas publicadas na revista *Vade Mecum*, como muitos fatos da época o demonstram.

É o mesmo John Carswell quem opina, contudo, que as viagens do Barão não deixaram nenhum autor famoso, nem Raspe, nem aqueles que o seguiram, ainda que elas tenham encontrado seu caminho em numerosas línguas e países.

Entre as muitas verdades, lendas e suposições que orbitam em torno das figuras do Barão e de Raspe, destaca-se o "dado biográfico" segundo o qual Rudolph Raspe, quando ainda vivia na Alemanha, teria conhecido pessoalmente o Barão de Münchausen. O Barão, por sua vez, entre outros "fatos verdadeiros", conta, numa de suas aventuras "biográficas", que seu tataravô conhecera um poeta chamado Shakespeare, o qual, na época, era um "grande ladrão de veados". Numa outra história, o Barão revela como herdara a funda do Rei Davi.

Se esses fatos correspondem à verdade ou não é o que menos importa; o certo é que eles incentivaram e ainda incentivam, como afirma Cecília Meireles, novas traduções do livro, "novas mentiras — a ponto de poder-se julgar afinal, que, de todos, o mais modesto a mentir foi o Barão".[4] Porém é necessário acreditar nessas aventuras ou desistir por aqui, como o "próprio" Barão aconselha:

> A maioria dos viajantes ao contar suas aventuras têm por costume dizer que viram mais do que realmente viram. Portanto não é de espantar que leitores e ouvintes algumas vezes sintam-se inclinados a não acreditar em tudo que leem e ouvem. Mas se houver, entre os presentes a que tenho a honra de me dirigir, alguém tentando pôr em dúvida a veracidade dos relatos que faço, ficarei profundamente magoado por essa falta de confiança; e vou sugerir-lhe que a melhor coisa a fazer é despedir-se antes de que eu comece a relatar minhas aventuras marítimas, pois elas são muito mais maravilhosas, embora não menos autênticas. (*As aventuras do Barão de Münchausen*).

Dificilmente um leitor, qualquer que seja sua faixa etária, resistirá a ler até o final *As aventuras do Barão de Münchausen*, e não poucos se sentirão tentados a reler o livro, "pois um clássico", lembra Italo Calvino, "é um livro que nunca terminou de dizer aquilo que tinha para

[4] Meireles, op. cit., p. 93.

dizer",[5] não importa se lido na infância ou na fase adulta. Esse é, parece-me, o caso de *As aventuras do Barão de Münchausen*, que integra a "coleção infantojuvenil" da Editora Iluminuras.

---

[5] CALVINO, Italo. *Por que ler os clássicos*. São Paulo: Companhia das letras, 2007, p. 11.

SHAKESPEARE DESDE CEDO

Nesta apresentação dos livros da minha biblioteca para crianças, citei várias vezes Cecília Meireles. Agora que estou prestes a comentar o último volume, recorro novamente a ela — que o leitor entenda isso como uma homenagem a essa grande poeta e educadora.

Afirmou Cecília Meireles que "se a criança desde cedo fosse posta em contato com obras-primas, é possível que sua formação se processasse de modo mais perfeito".[1] Por que, então, não lhe apresentar William Shakespeare já na infância?

Uma ótima adaptação de Shakespeare foi feita pelos irmãos Charles e Mary Lamb: *Tragédias e comédias*, São Paulo: Paumape, 1991. (Parece que não existe em português edição recente da obra, o que só me cabe lamentar.) Os irmão Lamb retrabalharam, de forma criteriosa, os argumentos das peças do dramaturgo inglês, transformando-os em contos muito interessantes. O estudioso Paulo Matos Peixoto, no prefácio da mencionada edição, lembra que:

> *As tragédias e comédias* constituem a adaptação em prosa das mais famosas peças de Shakespeare. Conservam integralmente o espírito do autor, sempre voltado para o humano da vida, e mantêm o arrojo e pujança do temperamento do dramaturgo e seu poderoso instinto dramático [...].[2]

Segundo a estudiosa canadense Linda Hutcheon, quando bem feitas, as adaptações não são derivativas ou de segunda categoria.[3] Esse é o caso da merecidamente célebre

---

[1] MEIRELES, op. cit., p. 123.
[2] SHAKESPEARE. *Tragédias e comédias*. São Paulo: Paumape, 1991, p. 13.
[3] HUTCHEON, Linda, op. cit., p. 225.

adaptação dos irmãos Lamb. Vejamos como eles relatam o funeral de Ofélia, em *Hamlet*:

> Ignorando o significado daquele espetáculo e não querendo interromper a cerimônia, manteve-se o príncipe de lado, em silêncio. Viu flores espalhadas sobre a sepultura, como era costume nos enterros das virgens, que a própria rainha ia espargindo enquanto dizia:
> — Flores para uma flor! Eu imaginava poder enfeitar-te o leito de núpcias, suave donzela, e não cobrir-te o túmulo. Serias a esposa de meu Hamlet.

Shakespeare é considerado um criador de "originalidade autêntica", na expressão de Harold Bloom, embora sua obras tenham se baseado em enredos de outros autores, muitos deles anônimos. Sua peça mais famosa, *Romeu e Julieta*, foi extraída, por exemplo, de um folhetim popular que se vendia nas ruas por um preço módico. Mas, como asseveram os críticos, foi Shakespeare quem deu a esse e outros contos "um sopro de originalidade",[4] o qual animou os personagens com paixões humanas autênticas. Essas e outras qualidades não se perderam nas adaptações feitas pelos Lamb:

> Macbeth tinha uma esposa, a quem comunicou a estranha predição das bruxas e o seu parcial cumprimento. Mulher má e ambiciosa, pouco lhe importavam os meios que haviam de empregar contanto que ela e o marido chegassem ao fastígio do poder.

Segundo Harold Bloom,

> antes de Shakespeare, os personagens literários são relativamente imutáveis. Homens e mulheres são representados envelhecendo e morrendo, mas não se desenvolvem a partir de alterações interiores, e sim em decorrência de seu relacionamento com os deuses.[5]

---

[4] SHAKESPEARE, op. cit., p. 11.
[5] BLOOM, Harold. *Shakespeare*: a invenção do humano. Rio de Janeiro: Objetiva, 2001, p. 19.

Nas obras de Shakespeare, no entanto, os personagens têm o poder de se autorrecriarem: "às vezes, isso ocorre porque, involuntariamente, escutam a própria voz, falando consigo mesmos ou com terceiros".[6]

Vale ainda citar Gilbert Keith Chesterton, que afirmou o seguinte do bardo inglês: "é bastante possível que Shakespeare possa vir a ser admirado por homens bem mais simples [nesse caso as crianças] do que os homens para quem escreveu",[7] uma vez que "a grande obra tem alguma coisa a dizer muito simplesmente aos simples".[8]

---

[6] Ibidem, p. 19.
[7] CHESTERTON, Gilbert Keith. *O tempero da vida e outros ensaios*. Rio de Janeiro: Graphia, 2010, p. 50.
[8] Ibidem, p. 51.

BIBLIOGRAFIA GERAL

ARRIGUCCI JÚNIOR, Davi. *Achados e perdidos*. São Paulo: Companhia das Letras, 1999.
AUERBACH, Erich. *Mimesis*. Trad. Equipe Perspectiva. São Paulo: Perspectiva, 2002.
BARROS, Diana Luz Pessoa de; FIORIN, José Luiz (orgs.). *Dialogismo, polifonia, intertextualidade*. São Paulo: Edusp, 2003.
BAUDRILLARD, Jean. *Tela total:* mito-ironias da era do virtual e da imagem. Porto Alegre: Meridional, 2002.
BENJAMIN, Walter. *Obras escolhidas II*. Trad. Rubens Rodrigues Torres Filho e José Carlos Martins Barbosa. São Paulo: Brasiliense, 1995.
BERGSON, Henri. *Oeuvres*. Paris: Presses Universitaires de France, 1991.
BLANCHOT, Maurice. *A conversa infinita 2*: a experiência limite. São Paulo: Escuta, 2007.
BLOOM, Harold. *Shakespeare*: a invenção do humano. Rio de Janeiro: Objetiva, 2001.
BRETON, André. *Manifestos do Surrealismo*. Trad. Sérgio Pachá. Rio de Janeiro: Nau, 2011.
BROTHERSTON, Gordon; MEDEIROS, Sérgio (orgs.). *Popol Vuh*. São Paulo: Iluminuras, 2007.
BURTON, Tim. *O triste fim do menino ostra e outras histórias*. São Paulo: Girafinha, 2007.
BUSCH, Wilhelm. *As travessuras de Juca e Chico*. Trad. Claudia Cavalcanti. São Paulo: Iluminuras, 2012.
BUTOR, Michel. *Repertório*. Trad. Leyla Perrone-Moisés. São Paulo: Perspectiva, 1974.
CALVINO, Italo. *Por que ler os clássicos*. Trad. Nilson Moulin. São Paulo: Companhia das Letras, 2007.
CANDIDO, Antonio; ROSENFELD, Anatol; PRADO, Décio de Almeida; GOMES, Paulo Emílio Salles. *A personagem de ficção*. São Paulo: Perspectiva, 1974.
CASCUDO, Luis da Camara. *Dicionário do folclore brasileiro*. Belo Horizonte: Itatiaia, 1984.
CERVANTES, Miguel de. *Dom Quixote de la Mancha*. Trad. Ferreira Gullar. Rio de Janeiro: Revan, 2002.
CHESTERTON, Gilbert Keith. *O tempero da vida e outros ensaios*. Trad. Luciana Viégas. Rio de Janeiro: Graphia, 2010.
CÍCERO, Antonio. *Poesia e filosofia*. Rio de Janeiro: Civilização Brasileira, 2012.

DE CERTEAU, Michel; GIARD, Luce; MAYOL, Pierre. *A invenção do cotidiano*. Petrópolis: Vozes, 2005.
DIDEROT. *Textos escolhidos*. Trad. Marilena Chauí e J. Guinsburg. São Paulo: Abril Cultural, 1985. (Coleção Os pensadores)
DIWAN, Pietra. *Raça pura:* uma história da eugenia no Brasil e no mundo. São Paulo: Contexto, 2007.
ESSLIN, Martin. *O teatro do absurdo*. Rio de Janeiro: Zahar, 1968.
HAUFF, Wilhelm. *O macaco como homem*. Trad. Myriam Ávila. São Paulo: Scipione, 2011.
HOFFMANN, Heinrich. *João Felpudo*. Trad. Claudia Cavalcanti. São Paulo: Iluminuras, 2011.
HUTCHEON, Linda. *Uma teoria da adaptação*. Florianópolis: Editora da UFSC, 2011.
IONESCO, Eugène. *Contos de Ionesco para crianças*. São Paulo: Martins Fontes, 2008.
_____. *Journal en miettes*. Paris: Gallimard, 1967.
KAYSER, Wolfgang. *O grotesco*. Trad. J. Guinsburg. São Paulo: Perspectiva, 2009.
KRISTEVA, Julia. *Estrangeiros para nós mesmos*. Rio de Janeiro: Rocco, 1994.
LEWIS, C.S. *A experiência de ler*. Porto: Elementos Sudoeste, 2003.
LLANSOL, Maria Gabriela. *O começo de um livro é precioso*. Lisboa: Assírio e Alvim, 2003.
LOVECRAFT, H.P. *O horror sobrenatural na literatura*. Trad. Celso Mauro Paciornik. São Paulo: Iluminuras, 2008.
LUJÁN, Jorge. *Os gêmeos do Popol Vuh*. São Paulo: SM, 2008.
MEDEIROS, Sérgio (org.). *Makunaíma e Jurupari:* cosmogonias ameríndias. São Paulo: Perpectiva, 2002.
MEIRELES, Cecília. *Problemas da literatura infantil*. Rio de Janeiro: Nova Fronteira, 1984.
MERLEAU-PONTY, Maurice. *A prosa do mundo*. Trad. Paulo Neves. São Paulo: Cosac Naify, s/d.
NOLL, João Gilberto. *Sou eu!* São Paulo: Scipione, 2009.
NOVAES, Adauto (org.). *Ensaios sobre o medo*. São Paulo: Senac, 2007.
PAZ, Octavio. *Primeiras letras*. México: Editorial Seix Barral, 1990.
PHILLIPS, Robert (org.). *Aspects of Alice*. Londres: Penguin, 1971.
POUND, Ezra. *A arte da poesia*. São Paulo: Cultrix, 1976.
PROPP, Vladímir. *Comicidade e riso*. São Paulo: Ática, 1992.
SANTIAGO, Silviano. *O cosmopolitismo do pobre*. Belo Horizonte: Editora da UFMG, 2004.
_____. *Ora (direis) puxai conversa*. Belo Horizonte: Editora da UFMG, 2006.
SCHWITTERS, Kurt. *Contos maravilhosos*. Trad. Heloísa da Rosa Silva. Florianópolis: Katarina Kartonera, 2009.

SHAKESPEARE, W. *Tragédias e comédias*. São Paulo: Paumape, 1991.
STEWAET, Susan. *Nonsense*. Baltimore: John Hopkins University Press, 1989.
SÜSSEKIND, Flora; DIAS, Tânia (orgs.). *Historiografia literária e as técnicas de escrita:* do manuscrito ao hipertexto. Rio de Janeiro: Casa de Rui Barbosa/Vieira & Lent, 2004.
TELES, Gilberto Mendonça. *Vanguarda europeia & modernismo brasileiro*. Petrópolis: Vozes, 2009.
TCHÉKHOV, Anton. *Sem trama e sem final*. São Paulo: Martins Fontes, 2007.
TIGGES, Wim. *An anatomy of literary nonsense*. Amsterdam: Rodopi, 1988.
VICO, Giambattista. *Princípios de (uma) ciência nova:* acerca da natureza comum das nações. São Paulo: Abril Cultural, 1984.

OUTROS TÍTULOS INFANTOJUVENIS DESTA EDITORA

AS COISAS
Arnaldo Antunes

AS AVENTURAS DE PINÓQUIO
Carlo Collodi

CARTAS DE UM CAÇADOR
Horacio Quiroga

CONTOS DA SELVA
Horacio Quiroga

CONTOS DE FADAS
Irmãos Grimm

CONTOS E FÁBULAS
Charles Perrault

CONVERSA DE PASSARINHOS
HAIKAIS PARA CRIANÇAS DE TODAS AS IDADES
Alice Ruiz S e Maria Valéria Rezende | Ilustrações Fê

O CORSÁRIO NEGRO
Emilio Salgari

CULTURA
Arnaldo Antunes | ilustrações Thiago Lopes

OS DOIS TIGRES
Emilio Salgari

ERA UMA VEZ DUAS LINHAS
Alonso Alvarez | ilustrações Marcelo Cipis

O FLAUTISTA DE MANTO MALHADO
EM HAMELIN
Robert Browning

A FOME DO LOBO
Cláudia Maria de Vasconcellos
ilustrações de Odilon Moraes

OS GATOS DE COPENHAGUE
James Joyce | ilustrações Michaella Pivetti

HISTÓRIAS ALEGRES
Carlo Collodi

JARDIM DE HAIJIN
Alice Ruiz S | Ilustrações Fê

JOÃO FELPUDO
Dr. Heinrich Hoffmann

A LENDA DO CAVALEIRO SEM CABEÇA e
RIP VAN WINKLE
Washington Irving

OS MISTÉRIOS DA SELVA NEGRA
Emilio Salgari

OS PIRATAS DA MALÁSIA
Emilio Salgari

POR QUE VOCÈ NÃO ME ACEITA ASSIM?
Helme Heine

A RAINHA DOS CARAÍBAS
Emilio Salgari

O REI DO MAR
Emilio Salgari

OS TIGRES DE MOMPRACEM
Emilio Salgari

AS TRAVESSURAS DE JUCA E CHICO
Wilhelm Busch

VIAGEM NUMA PENEIRA
Edward Lear

CADASTRO
ILUMINURAS

Para receber informações sobre nossos lançamentos e promoções envie e-mail para:

cadastro@iluminuras.com.br

Este livro foi composto em Garamond pela *Iluminuras* e terminou de ser impresso nas oficinas da *Meta Brasil Gráfica*, em São Paulo, SP, em papel off-white 80 gramas.